Carla Thompkins

Frieden und Krieg
im Leben von Nikki Fisler

Carla Thompkins

Frieden und Krieg
im Leben von Nikki Fisler

Bibliografische Information der Deutschen Nationalbibliothek

Die Deutsche Nationalbibliothek verzeichnet diese Publikation
in der Deutschen Nationalbibliografie; detaillierte bibliografische
Daten sind im Internet über http://dnb.d-nb.de abrufbar.

1. Auflage | November 2022

© 2022 Carla Thompkins, Medebach

Fotos © Carla Thompkins; Angel Petrov, Los Angeles

Umschlag | Peter Amsler, Berlin
Unter Verwendung einer Fotografie von Nikola Fisler

Layout & Satz | Ralf Wolf, Jülich

Herstellung & Verlag | BoD – Books on Demand, Norderstedt

ISBN: 978-3-756807-98-7

Über das Buch

Dieses Buch ist entstanden unter dem Eindruck eines vernichtenden Krieges in Europa im Jahr 2022. Die Erinnerungen an meine Freundin Nikki reflektieren in dieser explosiven Zeit menschliches Verhalten, das aggressiv und kämpferisch, aber auch gerecht und friedlich sein kann.

Die Leser haben ein Buch in der Hand mit dem Titelbild einer nachdenklich blickenden jungen Frau. Ihr Name ist Nikola Fisler. Alle nannten sie Nikki, nicht Nikola. Sie wurde in Karlsruhe geboren. Dort erlebte Nikki eine amüsante Jugend in den politisch komplizierten fünfziger und sechziger Jahren des vergangenen Jahrhunderts. Nikki hatte das Glück, in ordentlichen Familienverhältnissen aufzuwachsen. Ihre Jugend ist aber auch geprägt von den nicht lange zurückliegenden **Kriegstraumata** der Eltern.

Als junge Frau interessierte Nikki sich für Autos und fing an, neben ihrem erlernten Beruf ihre Fahreindrücke aufzuschreiben. So etablierte sie sich in der Männerdomäne der Autojournalisten. Sie machte einen Journalisten als Ehemann ausfindig. Es kam zu Streitereien und Kleinkriegen in ihrer Ehe, weil finanzielle Probleme nicht gelöst wurden. Nikkis Erlebnisse im Motorjournalismus berühren tief aktuelle Probleme unserer Zeit, in der Medien und Journalismus verkommen zum »Fake- und Gesinnungsjournalismus«.

Die Erkenntnis der Sinnhaftigkeit des Lebens leuchtete wie ein Blitz am Nachthimmel auf für Nikki bei einer Dienstreise in die USA. Ihr Interviewpartner brachte sie durch seine Fragen buchstäblich ins Schleudern. Selbstständig und unbeeinflusst von anderen Menschen fing Nikki an, metaphysische und religiöse Wahrheiten zu suchen und sich mit dem Thema »Rassismus« auseinanderzusetzen, das latent auch in ihrem eigenen Leben immer eine Rolle spielte. Bei weiteren Recherchen offenbart sich Rassismus als allgegenwärtiges Problem mit gravierenden Folgen für das menschliche Zusammenleben bis hin zum Entstehen von Kriegen.

Nikki erkrankte nach dieser Suche und starb – begleitet von nahestehenden Menschen – in dem Glauben, dass ihre Seele nach der Trennung von ihrem Körper weiterlebt.

Als Autorin dieses Buches ist es mir ein großes Anliegen, in diesen ungewöhnlichen Zeiten von meinem Gedankenaustausch mit meiner Freundin Nikki Fisler zu erzählen. Aber bitte, liebe Leser, vergleicht mich nicht mit Tolstoi. Leo Tolstoi bleibt unvergleichlich und unerreichbar!

Carla Thompkins

Inhalt

Ein besonderes Kind | 9

Knallige Mädchenzeit | 23

Krieg ist Krieg | 32

Suchen und fantasieren | 38

Alles Schall und Rauch | 51

Die Fislerin und der Laut-Sprecher | 64

Abschließen und regenerieren | 81

Ab nach Washington | 91

Ein Interview zum Nachdenken | 99

Entdeckungsreise in Amerika | 106

Recherchen über Rassismus | 119

Und jetzt ins Kloster | 133

Willkommen und Abschied | 143

Nachwort | 156

Dank an alle | 158

Zeittafel | 160

Literaturverzeichnis | 163

Nikki wird einmal folgenden Auftrag bekommen:

Sie soll ein Interview mit der Gattin des amerikanischen
Präsidenten in Washington durchführen.

Wird es gelingen, ein gelbes Auto vor dem
Weißen Haus zu fotografieren?

Vor allem – wird Nikki über ihr Zusammentreffen
berichten können?

Ein besonderes Kind

Eine Feier in Karlsruhe während der Adventszeit bleibt für mich unvergessen. Es war ein besonders kalter Wintertag im Jahr 1957. Meine Großeltern hatten eine Einladungskarte zu einer Weihnachtsfeier in der Karlsruher Landeszentralbank. Die Teilnahme an dieser Feier war ein großes gesellschaftliches Ereignis, denn Omi und Opi unternahmen bei Eiseskälte eine einstündige Bahnfahrt nach Karlsruhe. Beide hatten Feiertagskleidung angezogen. Auch ich hatte meine Sonntagskleider an, obwohl es Mittwoch war. Das Zusammenkommen der geladenen Gäste fand statt in der weihnachtlich geschmückten und vor allem warmen Halle der damaligen Landeszentralbank in Karlsruhe.

Nach einigen Ansprachen von Herren in dunklen Anzügen erschien ein bärtiger Mann in einem roten, altmodischen

Anzug. Mein Opi flüsterte mir ins Ohr:»Das ist ein Schauspieler, der spielt den Nikolaus.« Ich wurde von dem Mann in Rot aufgerufen. Er öffnete sein großes Buch, setzte eine Brille auf und las vor:»Du bist die Carla, und du sollst nicht mehr mit dem Fuß aufstampfen, wenn dir etwas nicht passt. Du sollst anderen Menschen mit Worten erklären, was dir nicht gefällt.« Dann bekam ich von diesem Herrn ein kleines Lederetui geschenkt und machte einen Knicks.

Ich erinnere mich sehr genau, dass nach mir ein Mädchen in meinem Alter vom Nikolaus eine schwarze, unbekleidete Puppe bekam. Der Mann in Rot sagte nur:»Das ist für dich.« Die Kleine schaute diese Puppe an. Dann reichte sie das Spielzeug dem Nikolaus zurück:»Herr Nikolaus, ich habe fast den gleichen Namen wie Sie. Ich heiße Nikola, und ich spiele nicht mit Puppen. Bitte notieren Sie sich meinen Namen in Ihrem Buch, und bringen Sie mir nächstes Jahr einen Teddybär.«

Das fand ich mutig. Ich hätte mich nie getraut, das zu sagen vor allen Leuten. Und Nikola wirkte so unschuldig, so zart. Sie sprach mit ihren etwa sechs oder sieben Jahren sehr ruhig und höflich, keineswegs frech.

Ich machte mir jetzt Gedanken wie »Warum wollte Nikola keine unbekleidete schwarze Puppe geschenkt bekommen?« oder »Ist es etwa nicht ganz korrekt vom Weihnachtsmann gewesen, einem Kind so ein Geschenk zu machen?«

Nach der Weihnachtsfeier brachte uns Nikolas Vater in seinem Auto zum Bahnhof. Das war ein sehr großer Wagen mit Haifischflossen am Heck. Im Auto roch es nach Leder.

Nikolas Vater und mein Opi saßen vorne. Omi, Frau Fisler, Nikola und ich saßen auf dem Rücksitz.

Nikola griff nach meiner Hand und drehte sich zu mir: »Ich habe mir deinen Namen gemerkt. Du heißt Carla, ich bin Nikola Fisler. Du kannst Nikki zu mir sagen. Meine Geschwister und die Kinder auf dem Spielplatz nennen mich auch so.«

Ich hätte gerne Nikki nach ihren Geschwistern gefragt, aber Herr Fisler fing wieder an zu reden. Er sagte zu Opi, dass er Wilhelm heiße, und wir gerne ihn und seine Frau Luise mit dem Vornamen anreden dürften.

Wilhelm erklärte uns, dass er so ein großes Auto brauche, wenn er mit seiner Familie wegfahren möchte, weil nur in diesem Auto hinten vier Personen sitzen konnten. Er betonte, dass dieses Fahrzeug für ihn kein Statussymbol sei, um zu zeigen, dass er es beruflich zu etwas gebracht habe.

Mein Großvater versuchte, das Thema zu wechseln, und fragte Wilhelm Fisler, welche Beziehungen er zur Landeszentralbank habe. Wilhelm erklärte, dass er einigen Mitarbeitern der Bank Häuser vermittelt habe, weil er Immobilienmakler sei. Wilhelm sprach dann wieder von seinem Auto. Er erzählte, dass er bis nach Kassel fahren musste, um das gewünschte Modell als Vorführwagen zu bekommen für einen guten Preis.

Als wir einen Parkplatz am Hauptbahnhof gefunden hatten, zeigte uns Wilhelm ein Foto, auf dem er, seine Frau Luise und die älteste Tochter Traudel zu sehen waren, als sie das neue Auto mit den Haifischflossen begutachteten.

Mein Großvater meinte nur: »In Amerika sehen fast alle Autos so aus. Es kommt den amerikanischen Vorbildern sehr nah. Du hast eine gute Wahl getroffen für deine Familie, und der Motor ist sehr leise. Ich finde es aber sehr erstaunlich, dass du schon Farbfotos machen lassen kannst, Wilhelm. Ich kann mit meinem Fotoapparat nur Schwarz-Weiß-Fotos machen. Das musst du mir bei Gelegenheit mal zeigen, wie das geht. Es ist sehr angenehm, Wilhelm, eure Bekanntschaft gemacht zu haben.«

Meine Großeltern und Nikkis Eltern blieben von da an in Kontakt. Ich sah Nikki wieder bei einer Hochzeitsfeier in Karlsruhe. Sie war jetzt neun Jahre alt und eine Brautjungfer so wie ich. Ich hatte ein hellblaues Kleid an. Nikki trug einen hellblauen Hosenanzug, passend zu meinem Kleid. Ihre Mutter Luise und meine Omi hatten das so besprochen. Ihre schwarzen Haare waren als Dutt hochgesteckt. Wir gingen vor dem Brautpaar in die Kirche und streuten Blütenblätter.

Danach wurde in einem Gasthaus das Hochzeitsessen serviert. Ich durfte neben Nikki sitzen. Nach dem Dessert war es möglich, miteinander zu reden. Nikki deutete mit dem Finger auf ihre Geschwister, die an anderen Tischen saßen:
»Guck mal, da sind Paul, Gitti, Hanni, Monica und Edeltraud, ach ja, da drüben sind meine Eltern. Die turteln gerade mal wieder, als ob sie das Brautpaar wären.«

»Wie schön, so eine große Familie zu haben! Wie alt sind deine Geschwister?«»Paul ist dreizehn, Gitti fünfzehn, Hanni sechzehn, Monica achtzehn und Edeltraud wird übermorgen einundzwanzig. Die ist dann volljährig und kann heiraten, wen sie möchte.«

Ich bewunderte Nikki. Sie war das genaue Gegenteil von mir. Nikki konnte sich vor allem gut ausdrücken. Sie hatte Geschwister, ich war ein Einzelkind. Nikki lebte bei den Eltern, ich bei den Großeltern und hatte keine Geschwister.

Da meine Großeltern ein Telefon hatten, konnte ich von da an auch mit Nikki telefonieren. Ich erfuhr, dass Nikkis Vater als Kriegsflüchtling aus dem Sudetenland kam und sich nie besonders willkommen fühlte in Westdeutschland. Nur in Karlsruhe kümmerte sich keiner darum, wo Wilhelm Fisler zur Welt gekommen war.

Wir sprachen oft über belanglose Dinge, aber ich konnte am Telefon meine Angst ausdrücken, als meine Mami und Omi mit Hamsterkäufen begannen. Alle Erwachsenen um mich herum hatten Angst vor dem Ausbruch eines neuen Weltkrieges. Auch die Schulkameraden sprachen ständig davon. Ich war sehr deprimiert. Das war im Oktober 1962.

Ich erzählte Nikki am Telefon, was ich in der Schule gehört hatte, dass wegen der Kubakrise der »Kalte Krieg« schlimmer werde. Nikki war gut informiert. Obwohl sie ein Jahr jünger war, konnte sie mir Folgendes erklären: »Carla, das hat mit den Rangeleien zwischen den Vereinigten Staaten von Amerika und der Sowjetunion zu tun. Lass den Kopf nicht hängen, die beiden Staatsführer werden schon nicht so dumm sein und die Welt in die Luft sprengen, selbst wenn sie es könnten. Ich werd' mich aber umhören, was die Gründe sind, und wie es weitergeht.«

Ein paar Tage später war der Keller im Haus meiner Mutter gefüllt mit Lebensmitteln in Dosen. Omi und Opi hatten ihre Kellerräume wieder geputzt, wo sie sich während der Bombenangriffe des Zweiten Weltkrieges aufgehalten hatten.

Nikki rief mich wieder an und erklärte mir: »Die USA haben die Stationierung von russischen Raketen auf der Insel Kuba verhindert. Kuba ist eine große Insel, die vor den USA liegt. Zweihundert amerikanische Kriegsschiffe rund um Kuba haben russische Schiffe zum Umkehren gezwungen. Deswegen waren wir einem Atomkrieg sehr nahe.«

»Im russischen Radio hat dann der Herr Chruschtschow den Rückzug der sowjetischen Raketen von Kuba bekannt gegeben. Die USA erklärten, dass sie nicht in Kuba einmarschieren werden. Damit ist die Krise beendet. Siehste, es geht doch weiter«, versuchte Nikki mich aufzuheitern.

Ich war erleichtert, denn ich glaubte Nikki mehr als den Erwachsenen. Allmählich kehrte wieder der Alltag ein und damit die tägliche Routine wie frühstücken, in die Schule gehen, Mittag essen, Hausaufgaben machen, an die frische Luft gehen, zu Abend essen, fernsehen und ins Bett gehen.

In den Sommerferien 1963 durfte ich Nikki in Karlsruhe besuchen. Sie lebte in einem kleinen Häuschen, das sehr niedlich auf mich als Kind wirkte. Die Fenster mit den Fensterläden sahen für mich aus wie dunkle Augen mit Wimpern. Das Haus befand sich im Zentrum von Karlsruhe in einer ruhigen Seitenstraße.

Als Nikki und ich uns dem Häuschen näherten, gab es einen ohrenbetäubenden Knall, und eine riesige Rauchwolke stieg vor dem Hause Fisler hoch. Nikki rief so laut, wie sie konnte:

»Paul, du Knallfrosch, was soll das, uns mit diesem Sylvester-Feuerwerk zu begrüßen!« Als der Qualm verflogen war, kam Mutter Luise etwas verschämt zur Haustür.

Paul grinste: »Ich wette, Carla wird nie mehr vergessen, was für eine knallige Familie wir sind.« Und Luise ergänzte: »Entschuldige, ich habe nicht immer alles im Blick, was die Kinder machen. Aber das war nicht bös' gemeint, Paul wollte dich mit etwas ganz Besonderem überraschen.«

Ich erfuhr, dass acht Personen auf etwa hundert Quadratmetern Wohnfläche in dem Haus lebten, als alle Kinder noch zu Hause waren. Nikki, Gitti und Hanni waren in einem Zimmer untergebracht mit Stockbetten, die großen Mädchen hatten ein eigenes Zimmer. Der Bruder Paul schlief im Wohnzimmer auf einer Schlafcouch. Es gab ein Elternschlafzimmer, ein Badezimmer und eine separate Toilette. In der großen Wohnküche stand ein riesengroßer Esstisch, an dem alle Kinder und die Eltern Platz hatten.

Als ich das erste Mal kam, waren die großen Mädchen schon außer Haus. Ich konnte in dem Zimmer von Edeltraud und Monica schlafen. Nikki kam am Abend zu mir ins Zimmer und schlief in Edeltrauds Bett.

Vor dem Einschlafen erzählte Nikki mir: »Als Papa die Mutti kennenlernte, war er Witwer mit fünf kleinen Kindern. Papas erste Frau starb bei der Geburt von Paul auf der Flucht zu Fuß von Mähren in den Westen. Vati war Sudetendeutscher und lebte in der mährischen Stadt Brünn. Seine Stadt wurde am Ende des Zweiten Weltkriegs bombardiert von den Alliierten, und seine Eltern starben in dem

Bombenhagel. Als dann die sowjetische Luftwaffe Angriffe flog, floh Papa mit der Familie Richtung Westen. Auf der Flucht starb Pauls Mutter bei seiner Geburt.

Papa schlief oft mit den Kindern bei Bauern in deren Scheunen im Stroh oder im Heu. Die Bauern waren meistens menschlich und hatten Mitleid mit dem Vater und den fünf kleinen Kindern. Wilhelm half, bei der Ernte die Ähren zusammenzubinden und auf den Wagen zu legen, dann zog er wieder weiter – zu Fuß und in der Nacht, bis sie den Rhein erreichten. In Karlsruhe fand er dann Arbeit in einem Büro.

Als meine Mutti Luise den Papa kennenlernte, beschlossen beide sehr rasch zu heiraten. Mutti wurde immer wieder gefragt, warum sie diesen Flüchtling geheiratet hatte. Die Leute waren sehr direkt und sagten zu Mama Sätze wie: ›Luise, du hättest doch jemand Besseres finden können und dich nicht gleich mit fünf Kindern abgeben brauchen.‹

Nun – Mutti lachte dann nur, denn sie liebte es, gleich das Haus voller Leben zu haben. Es war ihr auch klar, dass diese Phase als große Familie höchstes ein paar Jahre dauern würde und die Kinder bald flügge würden. Vati gab der Mutti das erwirtschaftete Geld, denn Mutti hielt das Geld gut zusammen.

Dann kam ich zur Welt. Mutti Luise kümmerte sich rührend um alle sechs Kinder. Sie verbrachte viel Zeit mit uns Kindern, zum Beispiel machten wir oft Picknick am Rheinufer und spielten ›Mensch, ärgere dich nicht‹ im Gras. Die großen Schwestern ließen mich manchmal gewinnen. Mir gefiel es sehr, dass immer jemand zu Hause war und ich immer mit jemandem reden oder spielen konnte.«

»Das finde ich wunderbar, Nikki. Ich kann mir gar nicht richtig vorstellen, wie es ist, mit Geschwistern zusammenzuleben. Nikki, erzähl mir doch bitte mehr davon!«

»Nun, bei uns im Haus herrschte immer eine friedliche Stimmung. Kein Stress und kein Gezanke. Mutti und Vati waren sehr verstört durch die Kämpfe während des Zweiten Weltkrieges. Beide hatten immer noch qualvolle Albträume. Deshalb bemühten die Eltern sich um eine friedliche Kommunikation zu Hause. Den Eltern war wichtig, dass wir lernten, freundlich, geduldig und ehrlich zu werden.

So unterhielt sich Mutti mit den großen Mädchen und fragte nach ihren Interessen. Edeltraud und Monica redeten miteinander gerne über Mode und betrachteten Modezeitungen zusammen. Mutti Luise sorgte sich auch besonders um Paul. Er durfte angeln und lernte, flache Steine auf dem Wasser tanzen zu lassen.«

»Und wie waren die anderen Geschwister?«

»Gitti war schlichtweg lieb, gutmütig und unkompliziert. Sie ging in das gleiche Schulgebäude wie ich und lief mit mir in den Pausen im Schulhof herum. Wir aßen zusammen unser Pausenbrot. Hanni war lernbegierig und eine Streberin, aber auch unkompliziert.

Oh, da fällt mir noch ein, Mutti konnte auch das große Haifischauto chauffieren. Sie fuhr sogar viel ruhiger als Papi

Wilhelm. Wilhelm bremste oft sehr ruckartig. Bei Mutti passierte das nie.«

»Und was machten deine Geschwister, Nikki, als sie das Elternhaus verließen?«

»Als ich neun Jahre war, leerte sich das Haus allmählich. Edeltraud heiratete einen Arzt aus Sizilien, der in Heidelberg studierte und ausgezeichnet Deutsch sprach. Die Mutter mochte den ›Dottore‹ sehr. Der Schwiegersohn war immer sehr willkommen zu Besuch. Edeltraud zog dann nach Sizilien mit ihrem Dottore.

Monica fand eine Lehrstelle in Stuttgart als Schneiderin, lernte einen Bertram Duwalier aus Haiti kennen. Dieser junge Mann arbeitete am Theater in Stuttgart und entwarf Kostüme für das Ballett. Bertram Duwalier war dunkelhäutig. Monica heiratete in Stuttgart, ohne Bertram vor der Heirat den Eltern vorstellen zu dürfen. Im Gegensatz zu Edeltraud durfte Monica ihr Elternhaus in Karlsruhe nicht mehr betreten, nachdem sie Bertram Duwalier geheiratet hatte.

Meine Mutter erteilte dieses Verbot und erklärte uns, dass das nur zum Schutz der Familie Fisler sei. Man wisse nicht, inwieweit auch terroristische Aktionen des Diktators Duvalier aus Haiti in Deutschland angezettelt würden. Ihre Entscheidung habe mit ihrer Angst vor Terrorismus zu tun und nicht mit Rassismus gegenüber dem dunkelhäutigen Schwiegersohn. Niemand hinterfragte die Entscheidung von Mutter Luise. Ob der Vater Monica auch abgeschrieben hatte, darüber wurde einfach nicht mehr geredet.

Hanni bekam ein Stipendium für Betriebswirtschaft an der Universität in Louisville im amerikanischen Bundesstaat Kentucky. Die Restfamilie brachte Hanni ganz wehmütig zum Flieger nach Kentucky. Meine Schwester war freudig und aufgeregt, eine andere Welt kennenlernen zu dürfen. Sie schrieb oft Briefe, und nach dem Abschluss des Studiums begann Hanni, in Kentucky Pferde zu züchten.

Gitti begann mit siebzehn eine Ausbildung in Touristik. Sie konnte ein Praktikum in Rumänien machen und arbeitete in einem exklusiven Hotel in Braşov. Dort heiratete Gitti einen Rumänen. Mutti hoffte, dass Gitti mit ihrem Mann irgendwann einmal nach Deutschland zurückkehren würde.

Den Paul werden die Eltern jetzt von der Schule nehmen. Vater hat für ihn eine Lehrstelle als Konditor im Allgäu gefunden, wo er auch ein Zimmer im Haus des Konditormeisters bekommt. In der Freizeit kann Paul Ski laufen. Das ist das Richtige für ihn.«

»Wie ergeht es dir in der Schule, Nikki?«, wollte ich jetzt wissen.

»Oh, Carla, ich komme in der Schule gut mit. Die Eltern schickten mich auf ein Gymnasium. Ich konnte bis jetzt die Hausaufgaben immer selbstständig erledigen, wenn ich mit Mutti am Küchentisch saß. Und wie ist es bei dir, Carla?«

»Die Schule ist für mich nicht so einfach. Ich brauche oft Hilfe. Opi macht mit mir die Hausaufgaben. Und wenn er mir nicht mehr helfen kann, sucht er Nachhilfelehrer, was irgendwie peinlich für mich ist. Gibt es wirklich nichts, das du nicht verstanden hast, Nikki?«

»Doch schon, das war, als der amerikanische Präsident Kennedy[1)] dieses Jahr [1963] Berlin besuchte und sagte:»Ich bin ein Berliner!« Er löste bei rund 450 000 Zuhörern vor dem Rathaus Schöneberg tosenden Jubel aus. Ich habe nicht gejubelt, als ich das im Fernsehen mitverfolgte. Ich habe als Zwölfjährige wirklich nicht verstanden, was Kennedy mit diesem Satz ausdrücken wollte – einem Satz, der unvergessen blieb. Die Erwachsenen und die Lehrer an der Schule konnten es mir auch nicht erklären.

Die Erwachsenen meinten, Kennedy hätte auch nach Karlsruhe kommen und sich als Karlsruher bezeichnen sollen. Dann hätte Kennedy wenigstens einmal die Modellstadt für die amerikanische Hauptstadt Washington gesehen. Der amerikanische Präsident Jefferson wäre ja 1788 auch nach Karlsruhe gekommen. Der Stadtplan von Karlsruhe hätte dem Jefferson so sehr gefallen, dass der amerikanische Präsident die Hauptstadt Washington so aufbauen ließ wie Karlsruhe.«

»Ich habe das damals auch nicht verstanden, Nikki. Mir hat der Witz besser gefallen, den man damals erzählte von Adenauer. Bundeskanzler Adenauer wurde gefragt, wer die besten Politiker zurzeit sind. Adenauer antwortete: ›Ikk kenne die.‹«

»Oh, meine Eltern haben sich diesen Witz ebenso erzählt und herzlich darüber gelacht.«

»Apropos, deine Eltern. Wie war es für deine Eltern, Nikki, nur noch dich im Haus zu haben?«

»Vater Wilhelm war froh, dass er jetzt ein kleineres Auto, ein Coupé, fahren konnte. Endlich konnte er problemlos in die Garage fahren, weil das Coupé schmaler war als der Haifischflossenschlitten.

Nun Spaß beiseite. Die Eltern vermissten die Kinder, waren aber vernünftig und versuchten sicherzustellen, dass es den Kindern so gut wie möglich ging. Für mich war es auch seltsam, dass es so ruhig war im Hause Fisler. Ich mochte meine Geschwister, verstand aber nicht ganz, warum alle weg waren, obwohl es immer so harmonisch bei uns war. Alle Geschwister waren ausgeflogen ohne Wiederkehr.«

Ich wünschte Nikki dann »Frohe Weihnachten« am Telefon. Nikki reagierte erstaunt: »Wir feiern zu Hause nur Sylvester und Neujahr. Das war schon so, als meine Geschwister noch zu Hause waren. Pauli durfte um Mitternacht dann so viel Krach machen, wie er wollte mit seinem Feuerwerk, und es gab kleine Geschenke.«

Also auch das war anders bei Nikkis Familie. Die Fislers feierten offensichtlich keine religiösen Feiertage.

Knallige Mädchenzeit

Jetzt fühlte ich mich als Freundin von Nikki, wenn ich nach Karlsruhe zu Besuch kam. Ich freute mich darauf, sie besser kennenzulernen. Wir waren nun beide »Backfische« – wie man damals Teenager bezeichnete – und hatten viel zu erzählen. Wir schnatterten pausenlos. Ich erfuhr Folgendes von meiner Freundin:

Nikki brachte sich selbst Jiu-Jitsu, Fallübungen und Schulterwürfe bei. Das machte Sinn, denn eines Tages wurde Nikki von ihrem Mitschüler Lothar dumm angemacht, als die Klasse ohne Lehreraufsicht war. Lothar war Handballer, galt als stärkster Junge der Klasse und kam aus der Deutschen Demokratischen Republik. Er war ein Jahr älter als seine Mitschüler. Dieser Lothar hielt Nikki fest am Hinterteil und rief in die Klasse mit unüberhörbarem sächsischem Akzent: »Und die leg ich auch noch flach.«

Nikki praktizierte elegant einen Schulterwurf und nahm dann den Lothar in den Schwitzkasten. Sie sagte ganz ruhig und souverän: »Das machst du nicht noch mal, weder mit mir noch mit irgendeinem anderen Mädchen.« Von da an ging Lothar ihr aus dem Weg. Und jeder dachte: »Die Nikki legt die Jungs aufs Kreuz.«

Meine Freundin mochte Leichtathletik, besonders die Bundesjugendspiele im Sommer. Sie rannte schnell, trank

Orangensaft und nahm Dextrosezucker vor dem Start. Das waren die Fitnessdrogen der damaligen Zeit. Sie liebte die Atmosphäre auf dem alten Waldsportplatz in Karlsruhe. Nikki liebte es, im Wald zu sein. Vati nannte Nikki manchmal: »Mein Waldmädchen«.

Mit fünfzehn Jahren sprang Nikki 4,20 Meter weit. Leider war das Training mit der Sportlehrerin nicht ganz das Richtige. Die Lehrerin achtete nicht darauf, dass man sich gründlich aufwärmen muss, besonders beim Weitsprung. Die Konsequenz war, dass Nikki ihr rechtes Knie verletzte und sich eine Bänderzerrung zuzog, welche nur sehr langsam heilte.

Nikki spielte auch Handball. Weil sie jetzt 1,75 Meter groß war, konnte sie gut Sprungwürfe aus der zweiten Reihe machen. Die Mädchen der gegnerischen Mannschaften sprangen an ihr hoch und versuchten, Nikki am Werfen zu hindern. So brach Nikki sich dabei mehrfach die Gelenkkapseln ihrer Finger. Nikki schrieb dann einen Artikel für die

Schülerzeitung mit der Überschrift »Sport ist Mord«. Sie verlor das Interesse an einer erfolgreichen Sportkarriere. Ansonsten brachte Nikki problemlos die Schulzeit ohne besondere Vorkommnisse hinter sich und ohne Ehrenrunden.

Eines Tages wollte ich meiner Freundin dann doch diese Frage stellen: »Nikki, ich höre nur immer Gutes von dir oder über dich. Hast du nie etwas Schlimmes angestellt?«

»Na ja schon, ich schrieb einen Spickzettel in der siebten Klasse für die Klassenarbeit in Englisch. Dummerweise ließ ich den Zettel im Arbeitsheft liegen. Ich konnte das auch nicht abstreiten, dass das mein Spickzettel war, weil ich die Notizen mit türkisfarbener Tinte geschrieben hatte und ich die Einzige in der Klasse war, die diese Tintenfarbe benutzte. Zur Strafe bekam ich eine Stunde Arrest, und die Klasse lachte über mich.

Kurz danach wurde ich wieder ertappt, diesmal von einer Mitschülerin. Ich versteckte die Lederjacke meiner Klassenkameradin Else in einem Schrank, weil ich der Else einen Streich spielen wollte. Ich wurde dabei beobachtet von einer anderen Mitschülerin, der Elisabeth.

Diese Elisabeth fragte mich auf dem Nachhauseweg, wie viel Taschengeld ich bekomme. Als ich brav antwortete, fuhr Elisabeth fort: »Du gibst mir jede Woche 50 Pfennig. Wenn nicht, werde ich dem Klassenlehrer erzählen, was du gemacht hast.« Ich gab der Elisabeth regelmäßig das geforderte Geld. Das Problem löste sich dann am Ende des Schuljahrs, weil Elisabeth nicht versetzt wurde und die Schule verließ.

»Ui, du hast dich erpressen lassen.«»Ja, ich wollte nicht, dass Else oder meine Eltern von meinem Streich erfuhren. Else lud mich immer ins Eiscafé ein oder zu sich nach Hause zum Tortenessen. Ihre Familie hatte mehr Geld als wir zur Verfügung, weil ihr Vater mit einem Lastwagen Müll einsammelte. Elses Vater fuhr durch die Straßen von Karlsruhe und rief:»Lumpä, Alteisä, Babier (Lumpen, Alteisen, Papier)!«

Ich hörte Else immer gerne im Eiscafé zu, weil sie von den neuesten Filmen erzählen konnte. Sie begeisterte mich für die Musketiere. Das machte so einen tiefen Eindruck auf mich, dass ich mich an Fastnacht als Musketier verkleidete.«

»Oh, Nikki, ich erinnere mich, du hast bei der Weihnachtsfeier dem Nikolaus die schwarze Puppe zurückgegeben. Warum hast du das gemacht?«

»Ich fand die Puppe hässlich, ich hätte nie mit ihr gespielt. Ich spielte nur mit Stofftieren und mit einem roten Spielzeugauto.«

»Hattest du auch einen Freund, Nikki?«

»Ja, ich hatte auch einen Schulfreund. Sein Name war Martin, aber alle nannte ihn Blacky, obwohl er rote Haare hatte. Blacky trieb noch intensiver Sport als ich. Er spielte jeden Nachmittag in einem anderen Verein, montags Handball, dienstags Fußball, am Mittwoch Basketball, Donnerstag Hockey und am Freitag noch einmal Hallenhandball. Samstags und sonntags waren dann Spiele gegen andere Vereinsmannschaften.«

»Was machtet ihr, wenn ihr allein wart?«

»Hausaufgaben! Ich saß bei Blacky zu Hause in seinem Zimmer. Wir machten unsere Hausaufgaben gemeinsam. Das dauerte schon manchmal zwei bis drei Stunden. Im Sommer rannten wir danach an den Altrhein, und Blacky zeigte mir, wie man angelt ohne Angelrute. Mir gefiel das Familienleben bei Martins Familie, aber ansonsten fand ich ihn wie die anderen Jungs langweilig. Ich trainierte gerne mit ihnen, aber sie interessierten sich nur für Fußball, noch nicht mal für Musik oder Kino.«

»Hast du mit dem Martin nie über eine gemeinsame Zukunft gesprochen?«, wollte ich wissen.

»Eigentlich nicht. Das hatte einen komischen Grund aus meiner Sicht. Blacky roch – wie soll ich es beschreiben – wie ein Stück Weißblech, er roch metallisch. Unser Deutschlehrer hatte uns einmal erzählt, dass die Hofdamen bei den Ritterspielen im Mittelalter ein Taschentuch unter der Achsel trugen und dann das Tüchlein fallen ließen. Wenn der Herr Ritter dann das Tuch aufhob, daran schnupperte und ihm der Geruch zusagte, dann wählte er die Dame zu seiner Ritterin, und die beiden waren auch rasch in der Lage, Kinder zu zeugen.

Ob das mittelalterliche Vorgehen stimmte oder nicht, habe ich nie nachgeforscht. Ich habe es jedenfalls geglaubt. Vati roch gut, als ich als Kleinkind im Bett der Eltern war, auch Muttis Hautgeruch war angenehm. Blackys Geruch hingegen war sauber, aber nicht attraktiv für mich. Blacky wurde dann nicht versetzt. Er hatte trotz meiner Hilfe keine guten Noten in den Fremdsprachen. Er ging an eine andere Schule, und wir verloren uns aus den Augen.

»Was wurde aus deinen Geschwistern?«

»Es wurden viele Briefe von der Mutti geschrieben, manchmal auch vom Vater. Mutter hat mit leichter Hand immer den Kontakt zu allen gehalten, telefoniert und geschrieben, wie es damals halt so üblich war. Edeltraud und Paul kamen manchmal zu Besuch, die anderen Schwestern waren zu weit weg, und Monica durfte ja nicht kommen.«

»Wolltest du nicht auch Karlsruhe verlassen?«

»Eigentlich nicht. Ich habe mich oft gefragt, warum ich mich – im Gegensatz zu den Geschwistern – nicht ernsthaft bemühte wegzugehen. Ich hatte jetzt das Zimmer, das ich mit Gitti und Hanni geteilt hatte, für mich allein und durfte es selbst neu einrichten.

Ich fühlte mich dort total wohl, hatte alles um mich herum, was ich toll fand: Kuschelbett, Kuckucksuhr, Lesesessel und Stereoanlage, einen antiken Schreibtisch, Bilder meines Lieblingsmalers Chagall an der Wand und sogar einen kleinen Wintergarten. Dort war ich geschützt vor den Schnaken und der schwülen Sommerhitze in der Rheinebene. Ich fühlte mich wie im Himmel, wenn ich auf dem Lesesessel die Beine hochlegte. Das war der totale Rückzug, wenn ich es brauchte.

Auch das Wohnzimmer wurde neu möbliert, da Paul dort nicht mehr schlief. Mutti bekam jetzt endlich einen Perserteppich ins Wohnzimmer, der farblich mit der blauen Sitzgruppe abgestimmt wurde. Das Zimmer von Edeltraud und Monica wurde Gästezimmer und Bibliothek. In die Küche kamen ein Ecksofa und ein Esstisch, an dem jetzt vier Personen Platz hatten. Das war so bequem, dass man nicht mehr aufstehen wollte nach dem Essen, es gab auch immer Dessert und einen Kaffee nach dem Essen. Wilhelm war immer der Erste, der aufstand und mit dem Geschirrspülen anfing.«

»Nikki, du hast bis jetzt auch nur Gutes von deinen Eltern und dem Zusammenleben als Ehepaar erzählt. Haben deine Eltern sich nie gestritten?«

»Vielleicht schon, aber nie vor uns Kindern. Ich weiß nicht, ob und worüber sie sich stritten. Sie redeten manchmal einfach für eine Weile nicht miteinander und gingen sich aus dem Weg. Dann fanden sie wohl immer einen Kompromiss. Einmal wollte Vater eine Tankstelle pachten, da war miese Laune im Haus und die Türen wurden mehrfach zugeschlagen. Ich hörte nur, wie Mutti sagte: ›Dann stinkst du immer nach Benzin, wenn du nach Hause kommst.‹ Jedenfalls wurde keine Tankstelle gepachtet.

Die Eltern waren sehr bemüht, Streit und Wortgefechte zu vermeiden, da beide nach ihren Kriegserlebnissen überzeugt waren, dass die Basis für aggressionsloses und harmonisches Verhalten in der Familie gelegt wird.

Papa hat sich auch nie mit Kunden gestritten. Er war immer fair, wollte zuerst den Bedarf des Kunden verstehen und hat erst dann ein Angebot gemacht. Er hat nie etwas aufgeschwätzt, was der Kunde nicht brauchte. Genauso fair und solide war er auch als Vater und Ehemann, nur manchmal etwas aufbrausend, wenn er sich hilflos fühlte.

Solche guten Eltern zu verlassen, verstand ich nicht ganz. Ich fragte mich, ob es einfach der Zeitgeist damals in den Sechzigerjahren war, sein Glück woanders zu suchen, oder ob die Enge in dem Elternhaus meine Geschwister in die weite Welt trieb. Ich fragte mich auch, ob es etwas gab, was ich nicht wusste, was ich nicht erfahren sollte.

Jedenfalls war meine Zukunft recht klar vorgezeichnet von den Eltern. Seit meinem vierzehnten Lebensjahr wurde darüber gesprochen, dass ich Apothekerin werden sollte. Mit sechzehn schaute ich mit Mutti einen Praktikumsplatz in einer Apotheke an.

Als ich in der Oberstufe war, wurde mein idyllisches Weltbild zum ersten Mal in meinem Leben gewaltig erschüttert. In der Nacht vom 20. auf den 21. August 1968 rückten Truppen von fünf Warschauer Pakt-Staaten in die Tschechoslowakei ein. Damit wurden die als ›Prager Frühling‹ bezeichneten Reformversuche in diesem Land gewaltsam beendet.

Ich befürchtete, dass diese Truppen auch bis nach Karlsruhe kommen würden, und kaufte ein Buch, um mir Russisch beizubringen. Ich sagte zu Vati, dass wir die Besatzer, wenn sie eine slawische Sprache sprechen, mit ›Dobryy den, tovarishch, auf Deutsch: Guten Tag, Genosse‹ begrüßen, ihnen etwas zu essen anbieten und fragen sollten, ob sie duschen wollen.

Vati fing bitterlich an zu weinen. ›Die werden nicht einfach bei uns einziehen, sondern alles kaputtmachen, auch die Menschen. Wenn die nach Karlsruhe kommen, werden wir wieder fliehen müssen. Ich möchte nicht wieder fliehen. Das war so schrecklich für mich das letzte Mal. Ich habe auch keine Idee, wohin wir dann gehen sollen.‹«

»Nikki, ich weiß noch ganz genau, wie ich mich bei diesem Einmarsch der Soldaten in Prag fühlte. Ich verbrachte die Sommerferien bei meinem Onkel in Basel. Der Onkel gab mir ebenfalls ein Lehrbuch für die russische Sprache. Onkel, Tante und ich saßen jeden Tag im Wohnzimmer und lernten Russisch. Zwischendurch hörten wir die Nachrichten im Radio. Onkel und Tante waren entschlossen, keinen Widerstand zu leisten, und alles hinzunehmen, wie es komme, wenn die Soldaten auch in der Schweiz einmarschieren würden.«

»Das waren schlimme Zeiten für uns beide, Carla. Es ist zum Glück nicht zum Einmarsch in Westdeutschland gekommen, aber die Angst vor Krieg war allgegenwärtig. Die tschechoslowakische Bevölkerung nahm es hin, dass die autoritären Verhältnisse wieder hergestellt wurden. Presse, Versammlungs- und Meinungsfreiheit wurden wieder eingeschränkt. Ich wusste das erste Mal in meinem Leben nicht, was ich denken oder tun sollte.«

»Ich auch nicht, Nikki. Du hattest keine Erklärung, warum es so weit gekommen war, und ich erst recht nicht.«

Krieg ist Krieg

Bei einem weiteren Telefonat fragte ich Nikki, ob sie schon von den pazifistischen Bewegungen gehört habe. Meine Freundin antwortete, dass sie sich für die Aktionen von Rudi Dutschke interessierte und Vati Wilhelm empört reagierte: »Wenn du mir den ins Haus bringst, wirst du enterbt!«

Nikki fuhr fort: »Solche Worte hätte ich nie von Vati erwartet. Ich respektierte Vatis Meinung, diskutierte nicht mit ihm und hörte allmählich auf, mich mit diesen neuen Gedanken auseinanderzusetzen oder zu verfolgen, was in der Welt abläuft.«

»Hm, die Studenten hier an der Uni in Würzburg sind sehr pazifistisch. Da gibt es ein neues Denken, das ich ganz spannend finde. Aber zu Hause will keiner mit mir darüber reden. Ich finde, meine Eltern verdrängen auch die Realität. Ich höre von meiner Mutter eher Sätze wie ›Wir werden ohnehin sterben, also lass uns das Leben genießen, bevor es so weit ist.‹ Jedenfalls habe ich jetzt mein erstes eigenes Auto und fühle mich unabhängiger von den Eltern.«

Nikki unterbrach mich: »Das kann ich gut verstehen. Mir ging es ähnlich. Ich machte den Führerschein, ohne vorher in Karlsruhe oder auf Feldwegen zu üben. Ich brauchte nur dreizehn Fahrstunden, konnte sofort rückwärts einparken und wurde vom Fahrlehrer zur Prüfung zugelassen. Ich durfte dann bei Bedarf mit Vatis Coupé herumfahren. Ich sagte im Coupé das erste Mal in meinem jungen Leben etwas Freches zu meiner Mutter. Sie gab mir Ratschläge, wie ich fahren soll, und ich antwortete: ›Mutti, ich fahre das Auto. Entweder bist du ruhig, oder du steigst aus!‹ Mutter zog es vor, nichts mehr zu sagen. Jetzt hatten sich die Rollen geändert. Ich zeigte jetzt der Mutti, wie man Automatik fährt, und Mutti war dankbar, dass ich mehr wusste über das Auto als sie.

Aber das Kriegsgeschehen ließ mich nicht los. Ich erlebte zwar keine Konflikte zu Hause oder in der Schule. Aber Vergangenes aus Muttis Leben erschütterte mich zusätzlich sehr. Darf ich dir erzählen, Carla?«

»Ja, klar, Nikki. Ich hör' dir gerne zu.«

»Also, eines Tages klopfte Luise an meiner Zimmertür. Sie hatte einen seltsam ungewohnten Gesichtsausdruck, dass ich Mutti sofort rein ließ und ihr einen Platz anbot auf meiner Chaiselongue.

›Ich muss dir etwas erzählen, Nikki. Ich denke, du bist jetzt alt und vorurteilslos genug, mich zu verstehen. Also, als ich so alt war wie du, machte ich allein einen Ausflug mit dem Zug von Karlsruhe aus auf die andere Rheinseite. Ich wollte den Ort erkunden, der Malerdorf genannt wurde. Das war das Dorf Wörth, wo wir auch gute Bekannte hatten, die Familie Lafosse. Diese Familie lebte auf einem Hof zusammen mit Hühnern, Stallhasen und Kühen. Ich durfte bei den Lafosses in einem Mägdezimmer schlafen.

Damals hielten sich viele französische Soldaten in der Gegend auf. Als ich die Friedenskirche in Wörth verlassen hatte, hielt ein Militärjeep neben mir. Zwei dunkelhäutige französische Soldaten in Uniform rissen mich in ihren Jeep und fuhren mit mir in den Wald. Im Wald vergewaltigten sie mich dann. Ich verhielt mich ganz ruhig, schrie nicht. Sie rissen mir das Kleid vom Leib, taten, was sie tun wollten, machten sich wie ein Panzer über mich her, ließen mich dann im Wald liegen und fuhren weg in ihrem Jeep. Einer der beiden sagte noch mit französischem Akzent: ›Krieg ist Krieg.‹ Ich fand dann in der Nacht den Weg zurück nach Wörth, zum Glück unbemerkt, konnte mich waschen und mein Kleid säubern. Nach drei Monaten bemerkte ich, dass ich schwanger war, geschwängert gegen meinen Willen von dunkelhäutigen Soldaten. Ich suchte dann allein nach einer Möglichkeit, die Schwangerschaft zu beenden. Ich fand im Hinterzimmer der Wohnung einer Krankenschwester die Möglichkeit dazu, musste das Geld abstottern und schauen, dass niemand es mitbekam.

Die Schmerzen konnte ich verbergen. Ich gab vor, Fieber zu haben. Langsam erholte ich mich, ich war ja erst siebzehn Jahre alt. Das Schlimmste war, dass ich mit niemandem darüber reden konnte. Die Frauen, die mir halfen, wussten, worum es ging, aber sie redeten nicht mit mir darüber. Ich war danach nicht mehr in der Lage, in eine Kirche zu gehen, weil dann die Erinnerungen hochkamen.

Wie hätte ich das verhindern können, habe ich mich immer wieder gefragt. Warum hat Gott mich nicht geschützt? Ich war doch gerade in seinem Gotteshaus. Ich war auch nicht unanständig angezogen, habe keine Signale gegeben, dass ich ein leichtes Mädchen war. Ich war nur zur falschen Zeit am falschen Ort. Ich hätte nicht allein gehen sollen, das war wohl mein Fehler. Wer würde mich jetzt noch heiraten, da ich keine Jungfrau mehr war. Ich sah keine Zukunft mehr für mich und war total verzweifelt.

Ich war so froh, dass ich Wilhelm traf, der schon fünf Kinder hatte und nicht mehr besonders interessiert war, Geschlechtsverkehr zu haben. Ich war sehr dankbar, ihn gefunden zu haben, und er war dankbar, eine gute Mutter für seine fünf Kinder zu haben. Er ließ mir viel Zeit, mich an Zweisamkeit zu gewöhnen, und es mit ihm als angenehm zu empfinden. Deshalb war ich so froh, Nikki, dass du dir selbst Jiu-Jitsu beigebracht hast, dass du rennen und dich selbst verteidigen konntest.

Ich machte mir auch Sorgen um die gutmütige Gitti. Ich hatte kein gutes Gefühl, als sie nach Rumänien ging. Wilhelm und ich schauten uns ihre Arbeitsstelle in Braşov an. Das war zum Glück ein sehr ordentliches Haus von Deutschrumänen. Auch ihr Mann war sehr fürsorglich, so wie Wilhelm. Vati und ich waren dann beruhigt.

Aber als ich von Monicas Wahl hörte, brannten bei mir alle Sicherungen durch. Ihr Mann ist wahrscheinlich verwandt mit dem Machthaber Duvalier in Haiti, der als brutaler Diktator galt und den Staat als sein Privateigentum sah. Duvalier selbst war ein Schwarzer und behandelte die schwarzen Einwohner der Insel wie Sklaven. Aber Monica wollte davon nichts wissen.‹

Ich nahm meine Mutti ganz fest in die Arme. Ich war so erleichtert, dass sie dieses grauenvolle Ereignis mit mir teilte. Das beantwortete meine nie gestellten Fragen und untermauerte das vertrauensvolle Verhältnis zwischen Mutti und mir. Das war es! Also hatte mich mein Gefühl nicht getäuscht.

Bald darauf wurde mein einundzwanzigster Geburtstag gefeiert. Die Eltern hatten sich etwas Besonderes ausgedacht. Sie buchten ein Hotel auf der italienischen Seite der Alpen. Im Hotelrestaurant wurde das Geburtstagsessen serviert. Nach dem Dessert drückte Papa mir einen Autoschlüssel in die Hand und sagte: ›Schau mal, zu welchem Auto der Schlüssel passt.‹ Der Zündschlüssel passte zu einem gelben Zweisitzer! Das war ein richtiges Mutter-Tochter-Auto, ein Gefährt, das die Emotionen ansprach. Ich liebte den Sound des Motors und den Geruch des kleinen Innenraums. Dieses Auto war für pure Fahrfreude gebaut, und ich drehte gleich mit Mutti als Beifahrerin eine Runde.

Als wir ausstiegen, überreichte mir Mutti einen Umschlag. Ich öffnete ihn und war so gerührt, als ich den Text las, dass mir Tränen in den Augen standen.«

Irish Blessing

May the road rise up to meet you.
May the wind be always at your back,
May the sun shine warm upon your face;
the rains fall soft upon your fields
and until we meet again,
may God hold you in the palm of His hand.

Suchen und fantasieren

Mit dem gelben Cabrio machte sich Nikki auf die Suche nach einem Studienort. Die Voraussetzungen hatte sie erfüllt. Sie hatte das Praktikum hinter sich gebracht und durfte weiterhin bei Bedarf in der Apotheke arbeiten, weil man mit ihr zufrieden war.

Damals wollten alle Jugendlichen in München, Berlin oder in Freiburg studieren. Nikki hätte am liebsten in Karlsruhe studiert, aber das ging dort nicht mehr. Die erste deutsche Apothekerin hatte in Karlsruhe studiert. Im Jahr 1906 studierte eine Karlsruher Studentin, Magdalena Meub, dort Pharmazie und schloss als erste Frau in Deutschland das Pharmaziestudium erfolgreich ab. Aber 65 Jahre später war das nicht mehr möglich.[2)] Die Fakultät der Pharmazie sollte von Karlsruhe nach Heidelberg verlegt werden. Nach Heidelberg wollte Nikki nicht gehen, weil sie sich in der Altstadt zu eingeengt fühlte. Sie fand Heidelberg romantisch und nett für Rendezvous, aber nicht zum Lernen und Studieren. Also musste sich Nikki nach einem anderen Studienort umsehen. Sie machte sich in ihrem gelben Sportwagen auf ihre erste längere Fahrt nach West-Berlin. Sie war voller freudiger Erwartung auf ein Fahrerlebnis, wie es in den »Irish Blessings« beschrieben wurde. Um von Karlsruhe nach West-Berlin zu fahren, musste sie den Grenzübergang Rudolphstein/Hirschberg nehmen. Damals musste man eine Grenze passieren zwischen Westdeutschland und der Deutschen Demokratischen Republik. Diese Grenze war streng bewacht mit Stacheldrahtzäunen, Schutztürmen, Tretminen, Schussanlagen und einem dreißig Kilometer breiten »Niemandsland« zwischen Westdeutschland und der DDR. In Westdeutschland hieß die Grenze »Demarkationslinie« oder »Zonengrenze« und war das Resultat des Endes des Zweiten Weltkriegs.

Als Nikki dort am Schlagbaum hielt, las sie auf einem Riesenschild:»Halt, Staatsgrenze, passieren verboten«. Nikkis Identität wurde anhand der notwendigen Dokumente von bewaffneten Menschen in Uniform überprüft. Alle Grenzkontrolleure sagten mit strenger Mine nur das Allernotwendigste wie:»Anhalten, aussteigen, Ausweis zeigen, so, weiterfahren!« Ihr Tonfall war rau und fordernd.

Mit der vorgeschriebenen Geschwindigkeit von maximal 80 km/h fuhr Nikki über die Holperstrecke der Interzonenautobahn bis West-Berlin. Das war sehr mühsam, und es ging wegen der vielen Schlaglöcher nur langsam voran. An einer ausgeschilderten Raststätte machte Nikki Halt, da sie hungrig war nach fünf Stunden ununterbrochener Fahrt. Es gab nur Bohnensuppe, die sie mit dem vorher gewechselten Geld bar bezahlen konnte. Sie bezahlte mit sogenannter Ost-Mark, welche die damalige Deutsche Notenbank in Ost-Berlin herausgab.

In West-Berlin fand sie dann gleich die Wohnung ihrer früheren Klassenkameraden Karlheinz und Frank, die im zweiten Hinterhof eines klassizistischen Gebäudes in Charlottenburg wohnten. Die beiden Jungs freuten sich, Nikki wiederzusehen, und machten Witze über ihr gelbes Cabrio: »Das kannst du ja auf der Interzonenautobahn in den Schlaglöchern verstecken! Ich wusste gar nicht, dass die Post auch mit solchen gelben Flitzern herumfährt. Stellst du Eilbriefe für die Post zu, Nikki?«

Die Jungs fanden das lustig und lachten, bis sie sich verschluckten. Nikki fand das weniger lustig, ihr gelbes Auto als Postauto zu bezeichnen. Ihre ehemaligen Mitschüler hatten aber zumindest ein Zimmer in der Wohnung für Nikki gesäubert und zeigten ihr die verschiedenen Stadtteile mit Begeisterung. Am meisten gefiel den Jungs, dass die Kneipen keine vorgeschriebenen Sperrstunden hatten. Man konnte also rund um die Uhr immer ein Lokal finden, das offen war. So konnte Niki das erste Mal in ihrem Leben Gerichte aus Brasilien, aus Japan und aus Grönland essen.

Die Jungs fuhren auch mit ihr über die Grenzkontrolle Checkpoint Charlie nach Ost-Berlin und trafen sich dort mit polnischen Freunden. Es ging darum, etwas zu besorgen für die Freunde aus Polen. In Ost-Berlin fand auch eine Jugendkonferenz statt. Die ostdeutsche Jugend zelebrierte einen Massenaufmarsch. Nikki sah überall Gesichter mit maskenhaftem Lächeln und hörte Lobreden über die großartigen Erfolge des Arbeiter- und Bauernstaates.

Nikki konnte sich aber nicht mit dem Gedanken anfreunden, in einer Stadt zu leben, die rundherum von Hochsicherheitsgrenzen abgeschlossen war. Die Anfahrt durch die DDR kam ihr auch sehr unheimlich vor. Der Vorteil war, dass man mit dem Geld aus dem Westen sich mehr leisten konnte als anderswo und auch gute Gehälter gezahlt wurden. Aber sonst fand Nikki keine passende Atmosphäre, keine Kuscheligkeit.

Die Rückfahrt gab Nikki dann den Rest. Die für Nikki ungewöhnlichen Speisen führten zu heftigem Durchfall. Mitten auf der Interzonenautobahn musste sie halten und im Gebüsch verschwinden. Als sie die Hose wieder hochzog, stand hinter ihr ein Volkspolizist mit entsichertem Maschinengewehr und brüllte sie an:»Was machen Sie hier?« Nikki zeigte mit dem Finger auf den Boden und entgegnete mit Tränen in den Augen:»Ich habe Durchfall! Was hätte ich machen sollen?« Der Vopo ließ dann das Gewehr sinken und sagte:»Gehen Sie zum Auto, junge Frau, fahren Sie weiter, aber schnell!«

Nikki war immer noch außer sich, als sie mir von diesem Vorfall und ihrer Berlinreise berichtete. Diese Fahrt hatte überhaupt nichts zu tun mit den Fahreindrücken, die Nikki wegen der »Irish Blessings« erwartete.

»Wenn Berlin für dich als Studienort nicht infrage kommt, welche Stadt willst du dir als nächste ansehen?«, fragte ich Nikki.

»Hm – vielleicht München?«

»Nikki, wenn du nach München fährst, nimmst du mich mit im gelben Flitzer?«

»Ja klar, das ist dann auch nicht so langweilig.«

Also ging's gleich am darauffolgenden Wochenende nach München. Nikki hatte auch Freunde in München, die in einer Wohngemeinschaft in Schwabing lebten. In der WG, wie sie es nannten, gab es auch freie Betten für uns.

Wir wurden in Schwabing von einem Lokal zum anderen gebracht, und überall wurde Bier in großen Krügen serviert. Mir schmeckte, ehrlich gesagt, das Hopfengetränk überhaupt nicht, und auch Nikki verzog das Gesicht beim Trinken. Die Musik in den Klubs war akzeptabel, unerwartet meistens Rhythm and Blues mit guten Sängern, und keine Oktoberfestmusik.

Aber der Geruch in der Wohngemeinschaft war abstoßend. Es war für Nikki nicht einladend, nach den Seminaren dort mit den Freunden und deren Unordnung zu leben. Es war auch schwierig und sehr teuer, ein einzelnes Zimmer als Studentin zu finden. Also ging es wieder zurück nach Karlsruhe.

Ich fuhr dann von Karlsruhe aus nach Würzburg zurück, und Nikki entschied sich nun, in Freiburg zu studieren und abends wieder nach Hause zurückzufahren. Sie liebte es, entweder schnell auf der Autobahn oder gemütlich auf der Bundesstraße zu fahren mit ihrem gelben Gefährt.

Ihre Mutter Luise bestand darauf, dass Nikki wenigstens im Winter sich ein Zimmer in Freiburg nahm, aber Nikki fuhr zu gerne Auto, um nicht so oft wie möglich nach Hause zu fahren. Jedenfalls waren wir jetzt, räumlich gesehen, weiter voneinander entfernt als vorher, etwa vier Stunden Autofahrt oder Bahnfahrt.

Bei einem weiteren Wochenendtreffen erzählte Nikki mir, dass sie auf der Fahrt nach Freiburg besonders gern einen Halt in Baden-Baden mache. Also nicht Ski fahren wie die meisten Freiburger Studenten, sondern bummeln in einem etwas antiquierten Nobelort. Diese Stadt, die auch Europäische Sommerhauptstadt genannt wurde, faszinierte Nikki besonders.

Nikki stellte sich die Zeit vor, als dort gekrönte Staatsoberhäupter im 19. Jahrhundert viel Zeit verbrachten. Diese prunkvollen Tage[3] ließen Nikkis Fantasie schweifen. Ich lernte eine neue Seite von meiner Freundin kennen. Nikki sagte zu mir:»Ich hätte diese Damen und Herren gerne interviewt. Ich hätte wissen wollen, worüber sie gesprochen haben, und was sie die ganze Zeit gemacht haben in Baden-Baden.«

Ich wollte nun mehr darüber von Nikki wissen.»Welche Fragen hättest du denn gestellt?«

»Nun, ich hätte zuerst die Damen gefragt, die in großer Anzahl nach Baden-Baden reisten. Zuerst hätte ich Kaiserin Elisabeth I. von Österreich gefragt, ob ich mit ihr durch die Wälder streifen kann, und ob sie mit mir rennen möchte.«

»Ich kann mir gut vorstellen, wer schneller gewesen wäre, wahrscheinlich nicht die Sissy«, grinste ich.

Nikki fuhr fort: »Ich hätte die Kaiserin um Erlaubnis gefragt, auch ihrem Gatten, dem Kaiser Franz Joseph I., eine Frage stellen zu dürfen.

Wenn sie zugestimmt hätte, dann hätte ich seiner Majestät gratuliert zu der Einstellung seiner Vorfahren ›Andere mögen Kriege führen, du aber, glückliches Österreich, heirate zur Vergrößerung des Reiches‹. Ich hätte Kaiser Franz Joseph I. gefragt, ob er auch so denkt wie seine Vorfahren.

Dann hätte er bestimmt geantwortet, dass seine Heirat mit der Kaiserin eine Liebesheirat gewesen sei und hinzugefügt, dass er von der Vermittlung einer Ehe nicht viel hält, erst recht nicht bei den Bürgerlichen. Er hätte bestimmt hinzugefügt, dass er von Kriegen nichts halte, weil die Vergangenheit gezeigt habe, dass Krieg immer allen Menschen großes Leid zufüge und keine Vorteile bringe. Man müsse als Monarch das Äußerste tun, um Krieg zu vermeiden.

Die Königin von England hätte ich gefragt, welche Entscheidungen zur Neuordnung der Welt sie treffen kann, ohne das Parlament zu fragen. Sie hätte bestimmt sehr weise geantwortet, dass der königliche Einfluss auf das House of Commons – das Unterhaus – und auf das House of Lords – das Oberhaus – nicht so einfach sei.

Wahrscheinlich hätte sie weiter geantwortet, dass sie schon konkrete Vorstellungen davon habe, aber auch warten müsse, bis die Menschen reif dazu seien. Die Queen hätte sicher auch betont, dass die Parlamentarier in der Zukunft weder die partikulären Interessen ihrer Wähler noch die nationalen Interessen ihrer Staaten vertreten sollen, sondern sich als Vertreter aller Menschen sehen, die auf Erden wohnen.

Mit der Königin der Niederlande hätte ich nicht gewusst, worüber ich mit ihr reden kann. Ich hätte sie nach den Kolonien fragen können, aber ich wusste selbst nicht genug darüber, wann die Niederlande ihre Kolonien wieder in die Freiheit entlassen hatten. Vielleicht hätte ich sie nur gefragt, ob sie von Karlsruhe aus mit dem Schiff in die Niederlande zurückreisen möchte.

Den Zar Nicolaevich Alexander II. von Russland hätte ich gern getroffen und von ihm wissen wollen, wie er so ein großes Reich überblicken kann. Ich hätte ihm auch gratuliert, weil er die Leibeigenschaft abgeschafft hat. Mit dem russischen Zaren hätte ich auf Deutsch reden können, denn die Muttersprache der Zarenmutter und der Zarengattin war Deutsch. Beide Damen liebten ebenfalls Baden-Baden, und die Zarinnen hätten bei Unklarheiten Begriffe übersetzen können. Ich hätte gerne mit der Zarenfamilie Kaffee oder Tee getrunken.

Ich hätte den Zaren auch gefragt, was er vom Krieg hält, und ob wir wieder mit Kriegen auf russischem Boden rechnen müssen. Wahrscheinlich hätte der Zar mir geantwortet, dass für ihn die größte Herausforderung in seinem großen

Reich sei, die Menschen richtig einzuschätzen, vor allem die Menschen, die sich noch nicht als Russen betrachten und andere Sprachen außer Russisch sprechen. Das sei ein großes Problem, welches immer wieder zu schlimmen Auseinandersetzungen führe. Vielleicht hätte der Zar auch gesagt, es wäre einfacher, wenn die Menschen in der Welt nur eine Sprache sprechen würden, und lächelnd hinzugefügt, was natürlich Russisch sein sollte.

Über russische Literatur hätte ich mich auch gern mit der Zarenfamilie unterhalten und erwähnt, dass ich den Klang der russischen Sprache so sehr liebte, hätte gefragt, ob die Familie Bücher von Leo Tolstoi gelesen habe, und welche russischen Schriftsteller die Zarenfamilie am meisten schätzt.

Ich stellte mir auch vor, wie die Zarin dann beim Verlassen des Raumes zu ihrem Mann mit leiser Stimme gesagt hätte: ›Saschka*, du solltest doch noch mal dieses Sendschreiben in arabischer Sprache lesen, das du erhalten hast. Ich lese es auch gerne mit dir zusammen.‹ Und der Zar hätte ihr dann ins Ohr geflüstert: »Duschinka maja**, das machen wir, erinnere mich in Sankt Petersburg noch mal daran.«

Der Sháh Násiri'd-Dín von Persien verhielt sich in Baden-Baden sehr leutselig und unterhielt sich gern mit den Menschen auf der Straße. Ich hätte ihn auf Französisch fragen wollen, ob ich ihm zeigen darf, wo es das beste Eis in Baden-Baden gibt.

---

* Koseform von Sascha (= Alexander)
** Mein Schatz, mein Liebling

Wenn der Sháh mit seinen Begleitern im Hintergrund mit mir zum Eisessen gegangen wäre, hätte ich ihn gefragt, wie er damit zurechtkommt, in zwei Welten zu leben: In Baden-Baden mit einer Frau in der Öffentlichkeit beim Eisessen sich sehen zu lassen, obgleich Eisessen in seiner Heimat mit einer Frau, mit der er nicht verheiratet ist, völlig unmöglich sei. Wahrscheinlich hätte der Sháh sehr diplomatisch geantwortet, dass er in seiner Position auch nicht immer erreichen kann, was er gerne möchte, aber er in Auftrag gegeben hätte, Gebäude nachzubauen, welche ihm in Baden-Baden so sehr gefallen haben.

Dann hätte ich ihm erzählt, dass ich ein Gedicht von der berühmten persischen Dichterin Tahirih Qurratu'l-'Ayn in einer Zeitung gelesen habe. Ich hätte gehört, dass fast alle Zeitungen dieser Welt bis hin nach Australien über diese mutige Frau geschrieben haben. Vielleicht hätte ich dem Sháh sogar einen Zeitungsartikel unter die Nase gehalten. Ich hätte ganz ernsthaft gesagt, dass es ein Fehler war, sie hinrichten zulassen. Wahrscheinlich hätte der Sháh versucht, sich zu verteidigen, und erwidert: ›Ich wollte sie ja retten, aber Tahirih Qurratu'l-'Ayn ließ es nicht zu.‹

Kaiser Napoléon III. von Frankreich hatte sich nie in Baden-Baden blicken lassen. Er lebte in einem sehr unruhigen Umfeld und hätte sich wohl auch in Baden-Baden nicht sicher gefühlt. Vielleicht kam der französische Kaiser nicht, weil er dem König von Preußen nicht in Baden-Baden begegnen wollte. Ich hätte Napoléon III. zu gern gefragt unter vier Augen: ›Majestät, ich habe gehört, dass Sie Briefe hinter sich werfen. Warum machen Sie das? Ein Brief an Sie soll geendet haben mit folgendem Satz ›Es ziemt sich nicht, dass du deine Amtsgeschäfte führst, wie es dir deine Leidenschaften befehlen.‹ Wer hat Ihnen das geschrieben, Majestät?‹«

Dass Nikki so viele Details über die Herrscher des 19. Jahrhunderts wusste, erstaunte mich doch sehr:»Nikki, woher weißt du das alles über diese hochnoblen Herrschaften?«

»Och, das hat uns der Geschichtslehrer im Gymnasium erzählt. Für die Abiturvorbereitung hat der Herr Studienrat mir sogar ein Buch über die Sendschreiben an die Könige[4] gegeben. Danach hatte ich aber genug von Geschichte und mich nicht mehr damit beschäftigt.

Carla, man muss sich aber vor allem über eines klar sein: dass es die ›gute alte Zeit‹ nie gegeben hat, auch nicht in Baden-Baden. Das Wohlergehen einiger ging immer zu Lasten von vielen armen Tagelöhnern. Goldene Zeiten in Baden-Baden gab es nur für die erlauchten Herrschaften. Unzählig viele Bedienstete, Köche, Wäscherinnen und Wachpersonen mussten rund um die Uhr zur Verfügung stehen. Es war im 19. Jahrhundert wirklich kein Traumort, um dort als Bürgerliche zu leben. Vor allem: Die Gesamtheit der gekrönten Staatsoberhäupter hat sich an den Sommertagen in Baden-Baden mit Spiel und Tand ergötzt, anstatt die einmalige Chance zu ergreifen, Maßnahmen zu vereinbaren, die in Zukunft den Weltfrieden sichern könnten. Es wäre so einfach gewesen, beim Roulette sich auch über die Voraussetzungen zu einer Besserung der Welt zu verständigen. Es hätte für die

Herrscher damals noch nicht mal Zeitdruck oder den Druck der Medien gegeben. Die ganzen beiden Weltkriege hätten sie der Menschheit ersparen können, und jetzt gäbe es keinen Kalten Krieg.

Stattdessen haben sie die Türen geöffnet für Ideologien, welche Menschen aufgrund ihres Äußeren, ihres Namens, ihrer Kultur, ihrer Herkunft oder Religion abwerten. Diese Ideologien standen für sogenannte Weltanschauungen, die vorgaben, für alle gesellschaftlichen Probleme die richtige Lösung zu haben.

Das macht mich immer noch wütend. Ich verstehe nicht, weshalb sich diese Herrschaften ihrer Verantwortung für ihre Untertanen nicht bewusst waren. Die ganze Welt wäre heute anders. Aber vielleicht wird irgendwann jemand einen Film darüber drehen. Und wie geht's bei dir, in Würzburg, Carla?«

»Na ja, nicht so gut, ich habe mein erstes Staatsexamen abgeschlossen, aber vor allem habe ich einen Schlussstrich daruntergezogen, dass meine Familie mich verheiraten woll-te – so wie im 19. Jahrhundert. Ich habe mit dem Auserwähl-ten meiner Mutter keine Ehe führen wollen und habe mich erst mal abgesetzt. Jetzt muss ich mich finanziell über Wasser halten. Ich verkaufe zurzeit Kosmetik von Tür zu Tür.«

»Oh, da war wohl Kaiser Franz Joseph I. seiner Zeit vor-aus. Das war in unserer Jugend wohl so Sitte in manchen Fa-milien, genauso wie bei den Adeligen, dass die Eltern unsere Zukunft bestimmen wollen. Meine Eltern würden das nicht tun. Wenn ich mal heirate, dann suche ich meinen Mann selbst aus. Ich will aber erst mal fertig werden mit dem Studium, werde Apothekerin und nicht Tagträumerin.«

Das war sehr spannend, mit dir zu reden, Nikki. Ich habe dich von einer ganz neuen Seite kennengelernt. Jetzt werde ich versuchen, diese Sendschreiben an die Könige[4] ausfindig zu machen.«

»Nun, Carla, das nächste Mal wirst du mich als Apothekerin kennenlernen. Ich konzentriere mich jetzt voll darauf, alle Voraussetzungen zu erfüllen, bald hinter meiner eigenen Ladentheke stehen zu können.«

Alles Schall und Rauch

Danach ging es mit unserer Freundschaft so, wie es oft im Leben läuft: Man ist immer mit irgendetwas beschäftigt. Wir telefonierten weiterhin, sahen uns aber ein paar Jahre gar nicht.

Nikki erfüllte den Wunsch ihrer Eltern und wurde Apothekerin. Mit großem Fleiß beendete sie ihr Studium in Freiburg. Vater Wilhelm hatte genug Zeit, eine schöne Apotheke zu erwerben, die den Vorstellungen aller entsprach: Sitzbänke unter Bäumen vor der Apotheke, zentral gelegen, Verkaufsraum mit plüschiger Beratungsecke, Labor, Büro und Teeküche für alle Mitarbeiter, Parkplätze neben der Apotheke und ein Gebäude mit mehreren Arztpraxen gegenüber der Apotheke.

Nikki konnte also gleich loslegen, zusammen mit einem erfahrenen Assistenten im Laden. Mutti half mit, besonders bei Büroarbeiten, Bestellungen, Abrechnungen und bei den Steuererklärungen. Selbst Wilhelm fuhr oft Medikamente aus in ein Seniorenheim. Gleich im ersten Jahr brachte die Apotheke einen erfreulichen Gewinn. Erst als ich 29 Jahre alt war, traf ich Nikki wieder. Ich wollte zu meiner zehnjährigen Abiturfeier fahren und machte vorher einen Abstecher nach Karlsruhe.

Als ich Nikki wiedertraf im Hause Fisler, war ich sehr beeindruckt von ihrem Aussehen: Immer noch der helle Porzellanteint, dunkle Haare und geheimnisvolle blaue, strahlende, ausdrucksstarke Augen. Sie hatte kein Make-up aufgelegt und keinen Lippenstift. Ihre Haare waren jetzt hochgesteckt. Sie erinnerte mich an die junge Elizabeth Taylor. Sie war gekleidet mit Hose, Pullover und Lederjacke in Rot. Ihre Lieblingsfarben im Kleiderschrank waren intensive Farben wie orange, rot, blau, und natürlich das badische Gelb. Aus der süßen Nikki war eine elegante junge Dame geworden, die »Frau Nikola Fisler«.

Als ich ihr das sagte mit Liz Taylor, meinte Nikki: »Nur, so viele Männer wie Elisabeth Taylor habe ich nicht. Anstatt ständig Männer zu wechseln, wechsle ich lieber die Autos alle vierzehn Tage.«

»Huch, was meinst du damit? Das musst du mir erklären, Nikki.«

»Komm erst einmal mit, ich werde dir eins nach dem anderen zeigen und erklären«, antwortete Nikki gelassen.

Nikki zeigte mir zuerst die bezaubernde Apotheke, und ich war begeistert. Ich hatte vor, mit Nikki bei einer Tasse Kaffee über meine aktuellen Probleme zu beraten. Als ich das mit dem ständigen Autowechsel erfuhr, war ich neugierig. Nikki hatte angefangen, über Autos zu schreiben. Sie hatte mir am Telefon nie davon erzählt. Dann fragte ich sie doch:

»Nikki, wie kamst du dazu, über Autos zu schreiben?«

»Freunde von mir spielten türkische Rockmusik und baten mich, die Zeitungen von ihren Auftritten zu informieren. Ich versuchte es, bemühte mich, in einem kurzen Text auf die fünf Ws einzugehen – Wer, Was, Warum, Wann und Wo. Und siehe da, mein Textchen wurde gedruckt!

Das war meine erste Erfahrung im Schreiben von Texten für die Presse, eben eine einfache Pressemitteilung über die Veranstaltung einer Musikgruppe. Viele junge Menschen kamen, meine Mitteilung wurde offensichtlich gelesen.

Von da an machte ich das öfter. Spaßeshalber schrieb ich darüber, wie Autofahren sich für mich anfühlt. Ich beschrieb das Gefühl der Unabhängigkeit, wie der Motor reagierte, wie sicher ich mich im Auto fühle, wie es im Auto riecht und wie gut die Rundumsicht ist beim Fahren. Meine Fahreindrücke wurden wieder abgedruckt, in drei verschiedenen Zeitungen. Innerhalb von einem halben Jahr habe ich es dann hinbekommen, alle vierzehn Tage ein neues Auto von den Presseabteilungen der Autofirmen zum Testen zu bekommen. Im Gegenzug legte ich die Presseveröffentlichungen meiner Artikel vor.«

»Und wie klappt es, Nikki, dass du Apothekerin und zugleich Testfahrerin sein kannst?«

»Ach, Carla, ich fühle mich manchmal wie die moderne Bertha Benz, nur ohne den begnadeten Ingenieur Carl Benz an meiner Seite. Mutti schaut in der Apotheke nach dem Rechten, das Geld fließt regelmäßig, und ich bin finanziell von niemandem abhängig. Wenn du einen Kalender in die Hand nimmst und dich nicht ganz doof anstellst, hast du zweimal im Monat ein neues Auto zum Testen vor der Tür stehen.«

»Was musst du konkret tun, Nikki, um an die Testwagen ranzukommen?«, fragte ich meine Freundin.

»Du musst halt nett mit der Pressestelle telefonieren und dich auch persönlich bekannt machen. Über deine Fahreindrücke musst du schreiben, eventuell auch Fotos beilegen. Dann ist es wichtig, dass der Fahrbericht in einer Zeitung erscheint, die eine große Leserschaft hat. Wenn du – so wie ich – nicht bei einer Zeitung oder einem Verlag fest angestellt bist, kannst du auch verschiedenen Zeitungen und Redaktionen deine Berichte anbieten.

Wenn ein neues Vehikel vorgestellt wird, dann werden die Motorjournalisten auch in noble Orte eingeladen, wo die neuen Fahrzeuge für Testfahrten bereitstehen. Also, ich war zum Beispiel gerade in der Schweiz, in dem Ort, wo Elizabeth Taylor und Richard Burton eine Wohnung hatten. Von Karlsruhe aus konnte ich hinfliegen, das Ticket bekam ich von der Presseabteilung des Autokonzerns zugeschickt.

Dann gab es am Ankunftstag ein exklusives Abendessen und die Pressemappen wurden ausgeteilt in einem Unterhaltungsprogramm rund um das neue Fahrzeug. Ich durfte mir auch Schuhe, Handschuhe, eine Hose und eine Jacke in meiner Kleidergröße aussuchen für die Testfahrten. Es gab genug Zeit zum Fragenstellen und natürlich für Testfahrten. Die Teststrecke führte uns rund um den Genfer See, mit Mittagessen in einem bekannten Hotel in Genf, direkt am See. Dann war der Abflug von Genf zurück nach Karlsruhe und die anderen Herkunftsorte der Presseleute. Alle Kosten gingen zulasten des Autoherstellers.

So wird die ganze Zeit bei den sogenannten Motorjournalisten für gute Laune gesorgt. Die Flugreisen zu Testzwecken der neu vorgestellten Fahrzeuge führen natürlich in die schönsten Gebiete Deutschlands, aber auch ins Ausland. Ich war bereits in Österreich, Norditalien, Spanien und Marokko.

Natürlich wollen die Journalisten die Presseabteilungen nicht verärgern und halten sich alle mit der Kritik zurück. Bei diesen Events benehmen sich auch alle anständig. Es werden keine Bademäntel in den Nobelhotels geklaut, niemand betrinkt sich, baggert Frauen an oder verliert die Kontrolle über sein Verhalten an der Hotelbar. Die Herren benahmen sich mir gegenüber am Anfang etwas herablassend, so nach dem Motto: ›Na, was wissen Frauen schon von Technik‹. Ich pflegte dann Fragen zu stellen, welche die Herren rasch in Erklärungsnöte brachte, zum Beispiel: ›Wie vertragen sich Ihrer Meinung nach ein Biturbolader mit einem Vierventilmotor in der Synchronisation?‹

Ansonsten sind die Gespräche mit den Kollegen im Großen und Ganzen nichtssagend. Immer die gleichen Gesichter, fast immer nur Männer. Ich traf nur einmal eine Frau, die einen Kollegen vertreten musste. Aber du kannst eben ein bezahltes Nobelwochenende verbringen, ein neues Auto umsonst fahren und als Gegenleistung darüber einen Fahrbericht veröffentlichen.

Dann gibt es noch die großen Events wie die IAA, die Internationale Automobil-Ausstellung in Frankfurt, und Messen im Ausland. Da ist es ganz wichtig, Gesicht zu zeigen. Am Pressetag kann man aber nur reinkommen mit einem Presseausweis, den ich in der Zwischenzeit erhalten habe. Hier ist es wichtig, in die Lounge der wichtigen großen Automobilhersteller eingeladen zu werden und seine Visitenkarte bei der richtigen Person zu hinterlassen.

Unter vier Augen kannst du manchmal etwas Kritik äußern, aber mit Fingerspitzengefühl, denn hier entscheidet es sich ebenfalls, wie schnell du ein neues Fahrzeug zum Testen bekommst, ob du auch einen Langzeittest machen darfst und den Presserabatt auf einen Edelschlitten bekommst. Es wird auch etwas sehr Nützliches für die Presseleute organisiert, nämlich das Vergleichstesten auf der Rennstrecke des Hockenheimrings. Dort stehen dann alle neuen Autos aus deutscher Produktion zum Fahren bereit. Du kannst praktisch jede Runde in ein anderes Auto einsteigen und hast wirklich einen akkuraten Vergleich des Fahrverhaltens der verschiedenen Autos.

Überboten wird das Ganze nur noch durch den Reisejournalismus. Die meisten Motorjournalisten möchten gerne Reisejournalisten oder Bewerter von Hotels beziehungsweise Restaurants werden. Ich kenne nur einen Motorjournalisten, der mir nach langer Bekanntschaft mitteilte, für welchen Verlag er hauptsächlich seine Hotelbewertungen schreibt. Mir ist es bis jetzt noch nicht gelungen, in diese Riege vorzudringen.

Aber jetzt nennt mich niemand mehr Nikki. Ich wollte nicht weiter den Vornamen aus meiner Kinder- und Jugendzeit benutzen, weil mich dann jeder auf den bekannten österreichischen Rennfahrer Niki Lauda angesprochen hätte. Ich bin jetzt Frau Fisler oder die ›Fislerin‹, wie ich mich manchmal selbst vorstelle.

Als die Fislerin wurde ich nach und nach akzeptiert, dann respektiert. Ich schrieb oder sagte nie etwas Falsches in diesem Autozirkus und alle Fakten waren gut recherchiert. Ich habe nur Folgendes nicht hinbekommen. Ich habe bis jetzt kein James-Bond-Auto fahren können und keinen italienischen Sportwagen. Leider hat man mich bis jetzt auch noch nicht gefragt, ob ich bei der Rallye Paris-Dakar mitfahren möchte.

Ich habe in meiner Pressearbeit bis jetzt nur drei deutsche Verlage kennengelernt, die keine bezahlten Einladungen annehmen, und es gibt nur einen einzigen deutschen Verlag, der seine Mitarbeiter nicht im Regierungsflieger mitfliegen lässt. Dieser Verlag bezahlt die Flugtickets und bucht die notwendigen Reisen selbst. So kann niemand behaupten, dass die Mitarbeiter dieses besonderen Verlags käuflich sind. Ansonsten sägt keiner am Ast, auf dem er sitzt.«

»Oh, Nikki, kann ich noch Nikki zu dir sagen?«

»Ja, klar.«

»Nikki, du lebst als ›die Fislerin‹ in einer Welt, die ich nicht kenne.«

»Carla, sei doch nicht so naiv. Du hast doch auch in deiner Welt viele Unternehmenskontakte, du hast ebenso mit Lobbyismus zu tun. Deine Aufgabe ist es, Firmen, Konsumenten, Meinungsmacher und Kunden auf bestimmte Themen aufmerksam zu machen und damit beizutragen, dass diese Themen wie von dir erwartet umgesetzt werden.

Ich dagegen berichte über Autos. Das Zustandekommen meiner Berichte hat die Autoindustrie im Vorfeld Geld gekostet. In der Regel findet man in Zeitungen und Illustrierten noch Anzeigen. Auch für diese professionelle Werbung muss viel Geld gezahlt werden. Das ist bekannt und auch fair – Anzeigenwerbung wendet sich an den potenziellen Käufer und kostet den Auftraggeber Geld.

Lobbyismus ist viel hinterhältiger und manipulierender. Das Herantragen von Interessen, Dienstleistungen und Produkten an Entscheidungsträger gehört zum Wesensmerkmal unserer Gesellschaft. In der Regel werden Menschen in wichtigen Positionen von Unternehmen mit Informationen und Annehmlichkeiten beeinflusst oder, hart ausgedrückt, bestochen, um Entscheidungen im Sinne der Geldgeber zu treffen. In solchen Fällen ist Lobbyismus nichts anderes als eine Form von Korruption. Und die Waffenlobby ist die schlimmste Lobby.

Man hat aber auch eine nette Beschreibung und Umwege zur Beeinflussung gefunden. Geldgeber werden jetzt als Sponsoren bezeichnet. Natürlich geschieht dies in den meisten Fällen nicht uneigennützig, und es ist sogar nichts Ehrenrühriges mehr, Sponsoren zu suchen oder Sponsoring anzubieten.

Es gibt auch bei uns einige Politiker, die eine lobbyhafte Erwartungshaltung mitbringen. Ich beobachtete einmal drei Abgeordnete, die auf ›Politikerreise‹ waren. Da diese Herrn für einen Fußballverein in der Bundesliga einige Versprechen umgesetzt hatten, ließen sich die Abgeordneten auf einem Dorffest feiern. Sie bestanden auch bei dem Fest darauf, mit ›Herr Abgeordneter‹ angesprochen zu werden. Ich war zufällig zugegen, da ich mit einem Testwagen unterwegs war.

Ich ging früh am Abend in mein Hotelzimmer. Einer der Herrn muss wohl zu viel Schnaps getrunken und in der Nacht versucht haben, in mein Hotelzimmer zu gelangen. Ich hörte, wie die beiden anderen Herrn beim Frühstück ihn verspotteten: ›Na, haste versucht, bei der Fislerin ins Zimmer zu kommen, und die hat dich nicht reingelassen!‹

Dieser Vorfall führte dazu, dass der Abgeordnete mich aus dem politischen Presseverteiler herausnehmen ließ, wahrscheinlich in der Absicht, dass ich kein Auge mehr auf sein Tun werfen kann. Obwohl ich mich in Bonn an oberster Stelle beschwerte, gab man mir zu verstehen, dass manche Abgeordnete auch peinlich in ihrem Benehmen sein können.

Die Mehrheit der Abgeordneten seien korrekt und kooperativ. Dieser Herr entschuldigte sich danach persönlich bei mir. Ich kam dennoch in der politischen Berichterstattung nicht weiter. Mein Nichtverstehen von politischer Realität hat mich weiterhin davon abgehalten, mich mit Zusammenhängen zu beschäftigen, die mit der Verbesserung des Zusammenlebens der Menschen zu tun haben.

Angesichts der globalen Herausforderungen fiel es mir schwer, an die Einsicht der Leser zu appellieren, nicht nur den eigenen Interessen nachzukommen. Ich hatte das Gefühl, dass noch schwierige Tests der Ernsthaftigkeit auf die Menschen zukommen. Angesichts dieser Situation in der Welt fand ich es einfacher, mich mit technischen Dingen und der Handhabung von Autos zu beschäftigen. Also deshalb, Carla, beschäftige ich mich mit Autos und nicht mit gesellschaftspolitischen Themen.«

Nikki hatte wie immer klare Worte gesprochen. Jedenfalls war es bei unserem Abschied klar, dass wir weiterhin getrennte Wege gehen und uns wahrscheinlich wieder einige Jahre nicht sehen würden, weil wir beide viel um die Ohren hatten.

Ich musste nach diesem Gedankenaustausch mit Nikki darüber nachdenken, wie leicht einem Individuum und der Menschheit Schlimmes zugefügt werden kann durch unkontrollierbares Handeln von Politikern und Staatsführern. So dachte ich, dass oft eine anscheinend unbedeutende Ursache zu Auseinandersetzungen führt. Es reicht ein Funke, damit daraus das Feuer eines Krieges entsteht. Diese Kriege haben meistens historisch und kulturell tief verwurzelte Gründe. Sie entstehen aus wirtschaftlichen Interessen oder einfach aus der Unwilligkeit der politischen Führer.

Zwanzig Jahre Vietnamkrieg hatte ich selbst als Zeitzeugin in der Presse verfolgt. In Vietnam kämpften in einem Bürgerkrieg Vietnamesen gegeneinander. Andererseits war der Vietnamkrieg auch eine Aufeinanderfolge von Kämpfen, in denen die Weltmächte USA und Sowjetunion um ihren Einfluss in Asien stritten.

Der Nordirlandkonflikt als bürgerkriegsartiger Identitäts- und Machtkampf war mir bei meinem Aufenthalt in London allgegenwärtig. Ich wurde ständig in der Stadt beim Einkaufen kontrolliert, ob ich eine Waffe oder Sprengstoff bei mir hatte.

Menschen zeigen meiner Meinung nach im Krieg ein völlig irrationales Verhalten, eine Art negative »Schwarm-Intelligenz«, denn die Kriegsteilnehmer wollen in der Kriegssituation so viel Schaden wie möglich anrichten. Kein anderes Lebewesen außer dem Menschen ist dazu imstande.

Sollen oder müssen wir uns daran gewöhnen, dass es weiterhin immer irgendwo Krieg geben wird? Oder gibt es eine Alternative? Was wäre, wenn Krieg angesagt würde und keiner ginge hin?

Ich machte mir jetzt ernsthaft Gedanken darüber, warum Nikki ihre Kinder- und Jugendzeit in ihrer Familie als friedlich empfunden hat. Ich machte mir sogar Notizen und las sie Nikki am Telefon vor:

»Ein Grund, weshalb du, Nikki, die Zeit zu Hause als friedlich empfunden hast, lag im Verhalten deiner Eltern. Luise und Wilhelm hatten den Horror des Zweiten Weltkriegs überlebt und ließen keine Gewalt, auch keine verbale Gewalt in der Familie zu. Konflikte wurden verantwortungsvoll in Gesprächen durch Kompromisse gelöst.

Ihr Kinder wart alle sehr unterschiedlich, aber ihr habt euch zu Hause sicher und beschützt gefühlt. Besonders Wilhelm legte großen Wert auf Gerechtigkeit und zeigte dieses faire Verhalten auch seinen Kunden gegenüber. Es gab Regeln zu Hause und bei der Arbeit, die eingehalten wurden, auch Versprechen wurden eingehalten. Auch du, Nikki, konntest Gewalt dir und anderen Mädchen gegenüber stoppen durch Prävention, du konntest dich immer gut ausdrücken und musstest dich nur einmal mit Jiu-Jitsu selbst verteidigen. Es gab nur gelegentlich verbale Ausrutscher von Wilhelm, wenn er sich unsicher fühlte.

Wilhelm sorgte dafür, dass die Familie ein materielles Minimum hatte, um in einem Haushalt mit acht Personen nicht zu hungern und zu frieren. Es war immer jemand da, mit dem ihr reden konntet. Euren Eltern war wichtig, dass man Unterschiede begrüßte und Einigkeit herrschte, wenn es zu gemeinsamen Aktionen kam, selbst in kleinen Dingen. Ihr habt zum Beispiel nur Picknick am Altrhein gemacht, wenn alle sich einig waren, dass sie an diesem Ausflug teilnehmen wollten.

Dennoch gab es auch ungelöste Probleme bei euch, wie die Akzeptanz von Bertram als Schwiegersohn, wahrscheinlich, weil er ein Schwarzer war.«

»Stimmt, Carla. So war das Leben im Hause Fisler. Das hast du ganz richtig mitbekommen. Ich bin dankbar, dass ich diese Erfahrungen zu Hause machen durfte.«

Die Fislerin und der
Laut-Sprecher

Von Nikkis Eheschließung und ihren Eheproblemen habe ich erst einmal nichts erfahren, weil Nikki ihre Probleme nicht nach außen trug. Nikki und ich hatten aber auch ein weiteres Jahrzehnt lang nicht mehr die Rahmenbedingungen, vertraut bei einer Tasse Kaffee miteinander zu reden. In diesen zehn Jahren passierte Folgendes:

Nikki spürte mit der Zeit in ihren Aktivitäten ihre Einsamkeit. In der Apotheke gab es solide, vertrauensvolle Kundenbeziehungen, die über das Bedienen und Beraten nicht hinausgingen, wenn die Frau Apothekerin denn mal in der Apotheke war.

Mit den Motorjournalisten war es ähnlich, man kannte sich, war höflich zueinander, respektierte sich, aber man war letzten Endes auch ein Konkurrent im Gut-Schreiben-Können und hatte privat kaum etwas miteinander zu tun.

Mit den Karlsruhern ergaben sich meistens Gespräche wie: »Was ist das beste Auto für mich, Frau Fisler?« oder »Nikki, worauf soll ich beim Autokauf achten?« und »Nikki, kannst du ein Auto auch reparieren?« Manchmal auch diese Frage: »Was ist für Sie Fahrgefühl, Frau Fisler?«

Das waren oft Gespräche, die auf Autos reduziert waren und zeigten, dass Nikki in ihrer Heimatstadt respektiert war, aber nicht integriert in soziale Aktivitäten. So entstand aus dem Gefühl der Einsamkeit allmählich Nikkis Wunsch, einen Weggefährten beziehungsweise einen Ehemann zu finden. Sie erlebte ja das gute Miteinander ihrer Eltern. Nikki schaute sich zunächst in der Clique der Motorjournalisten um.

In Stuttgart fiel ihr ein junger Mann auf, schlank, dunkelhaarig, Dreitagebart, dunkle Augen, mit einem etwas staksigen Gang, aber witzig und mit einnehmendem Wesen. Er roch gut nach einem würzigen Herrenparfüm. Wenn er von »Äffle und Pferdle« – zwei schwäbische Komik-Figuren – erzählte, dann so, dass alle Personen im Raum hörten, was er zu sagen hatte. Er hatte einen Namen, der zu ihm passte: Ulrich Laut. Es war ein treffender Name für einen Pressemenschen, der sich Gehör verschaffen muss.

Ulrich gab eine Autozeitung heraus als Anzeigenblatt und hatte verschiedene Textschreiber. Er fragte die Fislerin, ob sie auch ihre Texte ihm geben wollte, und lud sie nach Stuttgart ein.

Dort trafen die beiden sich auf einem Parkplatz. Ulrich und Nikki liefen die Königstraße entlang und aßen in einem Straßencafé frische Brezeln mit Butter. Nikki fand es angenehm, dass Ulrich sie nicht in eines der dafür bekannten Restaurants einlud, wo auf der Speisekarte keine Preise standen. Ulrich war zurückhaltend, unaufdringlich, das Treffen war wie ein Geschäftsessen, dann brachte er Nikki zu ihrem Auto, sprach keine Einladung zur Übernachtung aus.

Ulrich lud sich dann selbst ein nach Karlsruhe. Er saß zu Nikkis Überraschung eines Tages in der Kuschelecke der Apotheke. Familie Fisler fand den Stuttgarter »sym-badisch«, die Mutter fühlte ihm erst etwas auf den Zahn, aber Ulrich Laut war sehr aufmerksam zu Luise, brachte ihr Blumen, lud beide Damen zum Essen ein und zu einer Bootstour auf dem Rhein in Straßburg. Mutter wurde redselig und erzählte, dass Vater Wilhelm gut für die Kinder vorgesorgt habe und die Apotheke der Nikki gehöre.

Beim zweiten Treffen in Karlsruhe lud Ulrich Mutter und Tochter zum Tanztee ein, tanzte abwechselnd mit Nikki und dann mit der Mutti. Nikki war erstaunt, was für eine gute Figur Mutti machte. Sie konnte alle Standardtänze, Foxtrott, Rumba, langsamer Walzer, Tango und Cha-Cha-Cha. Rhythmus lag Mutti im Blut.

Ulrich und Nikki entdeckten Gemeinsamkeiten wie das Interesse für Reisen und gut geschriebene Texte. Beide passten von ihrem intellektuellen Horizont zusammen. Ulrich war gern gesehen in Karlsruhe, und Luise wollte endlich einen Schwiegersohn im Hause haben, nachdem es nicht geklappt hatte mit den anderen Mädchen. Der ›Dottore‹ lebte ja sehr weit weg in Sizilien, Monicas Mann hatte Hausverbot, Gitti lebte in Rumänien mit Mann, und Hanni war auch weit weg in den USA, jetzt verheiratet mit ihren Pferden und einem Pferdemann.

Luise sagte allerdings zu Nikki: »Tu keinem was zulieb', als mit dem Ring am Finger. Du verstehst, was ich meine, nicht wahr?«

Mit Vati sprach Uli nicht viel. Vati war der Zuhörer, wollte aber dem Uli sein Credo vermitteln, dass man dem Kunden zuhören und dann Fragen stellen müsse, um rauszufinden, was der Kunde wirklich braucht. Vati meinte, der Ulrich rede viel und laut, vielleicht zu viel. Dennoch schmückte Vati sein Haifischflossenauto für die Fahrt zum Standesamt.

Paul fuhr auch nach Karlsruhe, um den neuen Schwager kennenzulernen. Er zog seine Schwester in das ehemalige Kinderzimmer: »Der passt nicht zu dir, das ist ein Schwätzer, der gefällt mir nicht. Das ist ein Laut-Sprecher!«

»Na ja, Pauli, geben wir ihm eine Chance, Brüderchen, er wird sich schon einleben bei uns«, meine Nikki.

Ulrich Laut und Nikola Fisler heirateten in Karlsruhe auf dem Standesamt ohne großes Tamtam. Nach der Trauung gab es zu Hause eine Hochzeitstorte, die Paul meisterhaft hergestellt hatte, und ein gemeinsames Abendessen.

Nikki behielt ihren Mädchennamen, weil sie die Fislerin bleiben wollte, die schon ein bisschen bekannt war. Ulrich verlagerte sein Pressebüro Laut in Nikkis Arbeitszimmer. Er zog ein in das Haus Fisler mit zwei Umzugskartons voller Papierkram und einem Koffer mit seiner Kleidung.

Nach der Hochzeit zeigte sich Ulrich von einer unerwartet neuen Seite. Er wünschte, dass Nikki sich nicht schminke, nicht fernsehe und nicht stricke. Nun, Nikki verwendete ohnehin kaum Make-up, aber kein Fernsehen, keine Nachrichtensendung als Journalistin? Ihr Ehemann erklärte ihr das so, dass er keine Frau wolle, die mit dem Fernsehprogramm verheiratet sei, so wie der Vater von Ulrich. So würde es auch in vielen anderen Familien laufen.

Seine Frau solle für ihn da sein, mit ihm reden und eine Einheit mit Ulrich bilden. Das leuchtete Nikki ein für eine junge Ehe.

Dann wurde Ulrich besserwisserisch. Als Nikki beim Einkaufen das Auto rückwärts einparken wollte, raunzte er sie an: »Du kannst da nicht parken.« Dabei handelte es sich um einen ganz regulären Parkplatz am Einkaufszentrum in Karlsruhe. Nikki blieb die Sprache weg, antwortete aber nicht, weil sie keinen Streit provozieren wollte. Sie merkte, dass Ulrich sich berufen fühlte, alle Leute und nicht nur seine Frau zu belehren.

Und dann kam es noch schlimmer, Ulrich Laut machte klar, dass er keine Kinder haben wollte. Nikki trotzte ihm ab: Zunächst erst einmal keine Kinder, später dann aber schon zwei. Ferner wollte Ulrich nicht dulden, dass im Karlsruher Haus Nikkis Geschwister ein- und ausgehen, oder in anderen Worten, Nikki sollte den Kontakt mit ihren Geschwistern abbrechen. Sie schwieg dazu.

Drei Monate nach der Hochzeit tauchte Ulrichs Vater auf. Der Senior war nie auf der Bildfläche erschienen und war auch nicht zur Hochzeit eingeladen. Aber er hatte seinen Sohn Ulrich ausfindig gemacht. Nikkis Schwiegervater verlangte von seiner Schwiegertochter 50.000 DM. Geld, das der Schwiegervater einige Jahre vor der Hochzeit seinem Sohn gegeben hatte zur Existenzgründung. Nikki teilte dem Schwiegervater mit, dass er als Schwiegervater keine rechtliche Handhabe über die Einkünfte von Nikola, Wilhelm oder Luise Fisler habe.

So stellte sich heraus, dass Ulrich hoch verschuldet war, es aber seiner Frau vor der Ehe nicht mitgeteilt hatte. Bereits in jungen Jahren hatte Ulrich Laut als Jungunternehmer Bankrott anmelden müssen.

Also musste Nikki weiterhin für das Einkommen der Familie sorgen. Ulrich dagegen ließ sein Anzeigenblatt in Stuttgart von einem Kollegen weiterbetreiben. Es gab über das Blatt nur Einnahmen durch die Anzeigen. Das Blatt wurde kostenfrei verteilt an Haushalte und an Tankstellen und nicht wie Zeitungen und Illustrierte verkauft.

Mutter Luise hatte sich die enge Tochter-Mutter-Beziehung immer gewünscht und alles dafür getan. Es war ihr wichtig, auch einen Schwiegersohn zu bekommen, der diese Beziehung nicht auflöste, sondern diese akzeptierte und sich anpasste. Ulrich erkannte das rasch und verhielt sich sehr nett zu Luise. Und Wilhelm? Der Vati gab keine Kommentare ab, zog sich zurück, war zufrieden, dass er Luise um sich hatte.

Dann musste Wilhelm wegen eines Arterienverschlusses ins Krankenhaus und bekam Infusionen. Er sagte zu Luise: »Luischen, wir haben nicht viel darüber geredet, aber ich warte auf dich in der anderen Welt. Da gibt es eine Bank unter einem Lindenbaum, dort sitze ich und warte, bis du kommst.« Er schlief dann in seinem Krankenbett ein und wachte nicht mehr auf. Vati war siebzig Jahre alt geworden.

Da Luise – und mit ihr auch Wilhelm – ihr ganzes Leben lang den Kontakt mit Pfarrern vermieden hatten, gab es niemanden, der die Beerdigung hätte gestalten können. Luise bat Ulrich, zu den versammelten Trauergästen zu sprechen. Ulrich bekundete als Trauerredner den anwesenden Familienmitgliedern sein Beileid und streute mit einer Schaufel Erde über den Sarg. Das war alles. Seine Stimme klang trüb wie das Wetter an diesem Tag.

Nach der Beerdigung benahm Paul sich rührend. Er hatte Mutti immer im Arm, ging umschlungen mit ihr hinter dem Sarg her. Paul hielt Mutti auch nach der Beerdigung fest im Arm. Alle Schwestern einschließlich Monica waren angereist. Beim Essen nach der Beerdigung redeten sie alle ruhig miteinander und mitfühlend. Ulrich zog sich nach dem Essen zurück.

Es gab jetzt endlich die Möglichkeit, wieder mit Monica zu reden. Sie lebte so nah! Eine Stunde Fahrt für Nikki, wenn sie ordentlich Gas gab. Nikki und Monica verschwanden in dem alten Zimmer zu Hause und versuchten, die verfahrene Situation zu klären.

Monica hatte sich mit der Reaktion der Eltern abgefunden. Sie erzählte, dass sie mit Bertram gut zusammenlebe, beide allerdings in Stuttgart nur Freunde hatten, die ebenso wie Bertram aus anderen Ländern kamen. Die ortsansässigen Schwaben mieden den Kontakt mit den »Reingschmeckten«.

Monica fühlte sich in Stuttgart dennoch nicht benachteiligt, weil ihr Mann dunkelhäutig ist. Im Theater hatte Bertram keine Probleme, da in dem überregional bekannten Landestheater Kollegen aus vielen verschiedenen Ländern arbeiteten. John Cranko, der Leiter des Stuttgarter Balletts, hatte dem Ballett in den Sechzigerjahren die Anerkennung als eine der führenden Ballettkompanien der Welt verschafft.

Monicas Ehemann hatte auch für seine Familie in Stuttgart viele Opfer gebracht. Er reiste nie mehr nach Haiti, auch wenn er weder der Sohn noch der Bruder des Diktators war. Aber es nervte Bertram, immer auf die Diktatorenclique in

Haiti angesprochen zu werden. Bertram reiste lieber nach Frankreich, wenn er Französisch sprechen wollte, gerne ging er in die französischen Alpen, um auszuspannen. Monica nahm Bertram, so oft es ging, an das »schwäbische« Meer mit, den Bodensee, wenn Bertram seinen Ozean vermisste.

Annabelle, die Tochter von Bertram und Monica, hörte allerdings dumme Bemerkungen wegen ihrer braunen Hautfarbe in der Schule. Sie wurde oft »Maikäfer« genannt. Die Türkenkinder hatten in Stuttgart einen noch schwereren Stand nach der Einschätzung von Monica, also versteckter Rassismus in der Schule, den die Lehrer immer abstritten, wenn Monica sie darauf ansprach.

Monica machte sich Sorgen um die Tochter, weil Annabelle unbedingt auch tanzen wollte. Monica und Bertram wären glücklicher gewesen, wenn die Tochter Bankangestellte oder Lehrerin hätte werden wollen.

Mutti Luise nahm die Gelegenheit wahr, mit Monica unter vier Augen zu reden. So wurde nach Wilhelms Beerdigung ein jahrelanger Konflikt aufgelöst, und Luise nahm sich vor, nach Stuttgart zu fahren, die Enkelin Annabelle kennenzulernen und ins Theater zu gehen.

Die Geschwister blieben ein paar Tage, frischten die Erinnerungen wieder auf und warteten, bis das Testament verlesen wurde. Vater hatte Geld für alle auf die Seite gelegt. Es gab für jedes Kind den gleichen Geldbetrag, 10.000 DM. Diese Erbschaft von 10.000 DM investierte Ulrich in eine Satzmaschine. Diese Anschaffung für das »Pressebüro Laut« war sinnvoll. Jedoch machte er das allein und ganz selbstverständlich, ohne Nikki zu fragen. Zudem war er froh, als alle Geschwister wieder abgereist waren.

Nikki glaubte jedoch immer noch an die Tüchtigkeit ihres Mannes, Mutti vertraute ebenfalls dem Schwiegersohn. Beide hatten die Hoffnung, dass Kinder aus Ulrich einen fürsorglichen Menschen machen würden. Aber Kinder stellten sich nicht ein. Nikki konsultierte zusammen mit Luise einige Frauenärzte. Behandlungen blieben leider auch erfolglos.

Und nicht nur das, Nikki musste anhören, wie Uli am Telefon zu jemandem sagte:»Ich habe immer nur dich geliebt. Ich habe nur geheiratet, weil diese Familie etwas Geld hat.« Das brach Nikki das Herz.

Sie tröstete sich damit, dass Ehen manchmal aus sehr pragmatischen Gründen geschlossen wurden und eine nüchterne, rationale Angelegenheit waren, sich aber eine Freundschaft mit der Zeit entwickelte. Die Gesprächspartnerin am Telefon tauchte jedenfalls nie in Karlsruhe auf.

Dann hatte Nikki ein bedeutungsvolles Erlebnis auf dem Hockenheimring. Im Anschluss an die IAA in Frankfurt standen aktuelle Neuwagen auf dem Hockenheimring den Journalisten zur Verfügung für Vergleichsfahrten.

Der legendäre Rallyefahrer Walter Röhrl drehte ebenfalls in einem neuen Fahrzeug die Runden, und man konnte zu ihm ins Auto als Beifahrer einsteigen. Nikki stieg zu Walter Röhrl ins Fahrzeug und fühlte sich absolut sicher. Auch wenn der die Höchstgeschwindigkeit aus dem Motor rausholte, drehte er souverän seine Runden.

Dann fuhr Ulrich dasselbe Fahrzeug mit Nikki als Beifahrerin. Ulrich verlor die Beherrschung über das Fahrzeug bei etwa 200 km/h. Das Fahrzeug drehte sich vor der Innentribüne mehrere Male um die eigene Achse und kam dann zum Stehen. Nikki dachte, ihr Leben sei jetzt zu Ende. In diesen Schrecksekunden schossen Bilder von ihren verschiedenen Lebensphasen blitzschnell durch ihren Kopf, dann merkte sie, dass sie den Dreher überlebt hatte und auch das Auto keinen Schaden genommen hatte.

Dieser Dreher war für Nikki das Schlüsselereignis zu der Erkenntnis, ihr Leben wieder selbst in die Hand zu nehmen. Sie wollte sich nicht mehr zu einem Autofahrer ins Fahrzeug setzen, der das Auto beziehungsweise Lebensaufgaben nicht beherrschte und das Fahrzeug ins Schleudern brachte. Sie wollte ihr Leben besser gestalten und sich nicht mehr benutzen und an die Wand fahren lassen. Es war ihr auch klar, dass es große Anstrengungen und viel Zeit brauchte, um das »Fahrzeug des Lebens« in eine andere Richtung zu steuern.

Als Nikki wieder zu einem Pressetermin fuhr, reisten Ulrich und Mutti nach Paris. Nikki staunte nicht schlechte, als sie die Abrechnung der Kreditkarte von Ulrich sah: 150.000 DM für eine Herrenuhr, eine Damenuhr und einen Brillantring. Ulrich hatte Muttis Schwäche für Schmuck bemerkt und sie zu den Ausgaben mit der Kreditkarte animiert, die Luise früher mit Wilhelm nie getätigt hätte. Ulrich meinte, Mutti sei eine Königin und verdiene auch die Attribute einer Königin, nämlich wertvollen Schmuck. Mutti empfand sich durch Ulrichs Worte in ihrer Rolle als Mutter anerkannt, fühlte sich geschmeichelt, »Principessa« genannt zu werden.

Nikola erkannte ihre Mutti nicht mehr. Wo war die Mutti geblieben, die immer das Geld zusammenhielt? Mit Vergnügen ließ sich die Mutter von Uli zu Shopping-Touren animieren in Karlsruhe, in Freudenstadt oder eben auch in Paris. Nikki sprach ihre Mutter darauf an und machte klar, dass das so nicht weitergehen konnte mit dem Ausgeben des hart erwirtschafteten kleinen Vermögens. Mutti schien Nikkis Einwand zu ignorieren und vermittelte Ulrich immer größere Geldsummen ohne Rücksprache mit ihrer Tochter.

So mietete Ulrich ein Geschäftshaus, ohne sich vorher mit Nikki zu besprechen. Das Haus sollte als neues »Pressebüro Laut« benutzt werden. Er stellte gleich, ohne Geld in der Hand zu haben, drei Leute fest ein. Ulrichs Idee war, Umweltjournalismus zu forcieren und Umweltthemen wie »Auto und Umwelt« Zeitungsredaktionen anzubieten.

Damit bewies Ulrich, dass er sich sehr bewusst war, was die Probleme der Zeit sind, und seine Idee war auch ethisch unantastbar. Er erklärte auch die Tatsache, dass Autos einen großen Beitrag zur Zerstörung der Umwelt leisten und man sehr viel kritischer mit den Autofirmen umgehen müsse. Nur dadurch würden Veränderungen erreicht. Das war wirklich ein starker Gedanke, der im Grunde mit dem Umgang mit Ressourcen und der Art des Weiterlebens der Menschheit zu tun hatte. Nikki und Luise waren nun überzeugt von der Notwendigkeit von Umwelt-Journalismus.

Ulrich erklärte den Frauen im Haus, dass jetzt, wo gerade der Golfkrieg ausgebrochen war, er sich lieber um die Bewahrung der Umwelt kümmern und seinen Teil leisten wolle, die Umwelt und die Ressourcen für kommende Generationen zu bewahren. Er sagte zu Luise und Nikki: »Es ist wieder Krieg wegen der irakischen Invasion in Kuwait. Ob Ehekrieg oder Krieg zwischen den Ländern, der Grund ist immer derselbe. Es geht um Profit, und es gibt immer Kriegsgewinnler.«

Ulrich erklärte weiter: »Es liegt aber nicht im Wesen der Menschen, Krieg zu führen und zu zerstören. Deshalb muss man dem Volk immer Märchen erzählen, warum es in den Krieg ziehen soll, und die Medien helfen kräftig mit. Also erschafft man Ideologien von den guten Menschen und den schlimmen Ländern, damit man die Aggression bei den Kämpfern anfeuern kann. Das schlimmste Märchen ist der Rassismus. Damit schaffte man es immer, Menschen gegeneinander aufzubringen.

Versucht mal rauszukriegen, wo es auf der Welt am meisten Öl- und Erdgasvorkommen und andere Bodenschätze gibt. Das ist zum einen in der Ebene von Mazindaran im Iran und im Osten der Ukraine. Ihr werdet nun besser verstehen, warum man so viel Notiz von dem Geschehen im Iran nimmt. Es wird auch in der Ukraine noch gewaltig krachen, weil dem Land nicht das Ausschöpfen dieser Ressourcen gegönnt wird.«

Luise entgegnete ihrem Schwiegersohn:»Ich habe den Zweiten Weltkrieg miterlebt. Du meinst also, Kriege passieren nicht einfach so. Sie werden von Politikern oder Anführern bestimmter Gruppen bewusst entschieden und angeheizt. So habe ich es als Kind und Jugendliche in Erinnerung, dass wir immer angestachelt und gleichzeitig streng kontrolliert wurden. Ich hatte immer Angst, etwas Falsches zu sagen oder zu tun. Der Führer Adolf Hitler glaubte, mit Gewalt eher sein Ziel zu erreichen.«

»Genau, Mama, so war es«, antwortete Ulrich.

Nikki fügte hinzu:»In der großen Welt und in der kleinen Welt zu Hause sind die Hauptursachen wirtschaftliche Vorteile oder der Mangel an Ressourcen. Das erklärt, weshalb wir in unserem Haus immer so ein Gerangel haben. Auch bei uns geht es um das Fehlen von Ressourcen und die Vorteile, die wir von einem gesicherten Einkommen und kleinen Vermögen haben. Also müssen wir verhandeln, um zu Lösungen zur kommen.«

Nun ging es an die Umsetzung des Umweltthemas im journalistischen Bereich. Da Ulrich Laut die aufgearbeiteten Umweltthemen als Texte nur an Redaktionen verschickte und nicht an die Redaktionen verkaufte, brachte seine »Umweltthemen Agentur« kein Geld ein, sondern verursachte weitere Ausgaben.

Die Sponsorideen von Ulrich sahen so aus, dass er Schreibtische aus geöltem Vollholz bestellte, diese Schreibtische aber nicht bezahlte, sondern ein großes Schild an die Schreibtische anbrachte: »Umweltschreibtisch, gesponsert vom Hersteller Ypsilon«. Natürlich kam eine Rechnung für die Schreibtische. Als dann Zahlungsverzug eintrat, musste die Rechnung inklusive der Mahngebühren bezahlt werden. Also wurde wieder das Bankkonto überzogen und das Limit erhöht. Leider zeigte ihr Ehemann aus Nikkis Sicht wieder große finanzielle Unvernunft.

So wie mit den Schreibtischen ging Ulrich mit den meisten Investitionen um. Die Situation war vergleichbar mit dem Hockenheimring. Ulrich fuhr ein Auto, dessen Fahrtechnik er nicht beherrschte und dadurch Karambolagen verursachte. Nikki wollte sich mit ihrem Ehemann über die vertrackte finanzielle Situation beraten. Der lachte nur: »Du nennst dich die Fislerin, nun, du kannst ganz nett schreiben und siehst echt passabel aus, das ist aber schon alles. Du, die Fislerin, hast Geld mitgebracht. Das gefiel mir, das brauchte ich. Ich bringe Ideen mit, die du nicht hast. Das ist nützlich für dich und mich, denn meine Ideen sind zukunftweisend. Ich habe die Ideen, du und Mutti, ihr seid meine Sponsoren und bildet eine Einheit mit mir.«

Nikki schoss durch den Kopf: »Ich kann doch auch mit den Menschen reden und vor allem logisch denken, nicht nur nett schreiben. Ich habe schon mit dem Nikolaus geredet als Kind und freche Jungen per Schulterwurf erledigt und zurechtgewiesen. Ulrich lässt mir nur keine Möglichkeit zur Mitsprache oder zum Mitbestimmen. Ist das seine Vorstellung von Einheit? Machen, was er sagt? Aber sie sagte nur: »Ulrich, denk doch daran, dass wir diese Bankkredite zurückzahlen müssen. Wenn du dich bemühen würdest, ein brillanter Redner zu werden, dann würdest du eingeladen werden als bezahlter Gastredner. Aber ein Honorar als Gastredner wird dir noch nicht gezahlt.

Wilhelm hat versucht, dir klarzumachen, dass du zuerst den Bedarf des Kunden verstehen musst. Du musst also erst deinen potenziellen Kunden befragen und recherchieren, was dem Kunden noch fehlt an Umweltbewusstsein, worauf der Interessent noch nicht gekommen ist oder nicht selbst erledigen kann. Erst dann soll die Umweltthemenagentur ein Angebot machen, angepasst an den Bedarf des potenziellen Kunden. Dieses Vorgehen ist solide.

Du aber redest mit den potenziellen Kunden über Veröffentlichungen und Ideen, die ihnen nicht viel bringen. Wenn deine Geschäftspartner merken, dass deine Vorgehensweise ihre Umsätze nicht erhöht, dann sind sie enttäuscht. Lass es mich doch auch mal versuchen, mit den Interessenten zu reden.«

»Was bist du für eine Schwätzerin, Nikola Fisler! Ich bin intelligenter als du. Du glaubst doch nicht, dass du mit deiner Negerfamilie besser ankommst als ich.«

Das war es also. Ulrich verstand durchaus die Ursachen von Aggression und konnte folgerichtig Sachverhalte erklären. Wenn es dann um das Umsetzen, das Tun ging, dann versagte er. Nikki fand das sehr traurig, da Ulrich erklärt hatte, wie gerade Rassismus zu aggressivem Verhalten führt. In seinem tiefsten Herzen hatte Ulrich seine rassistische Einstellung gegenüber der eigenen Familie noch nicht überwunden, obwohl er Rassismus als Auslöser von Aggression und Krieg anprangerte.

Es war jetzt an der Zeit, sich selbst und die Mutti zu beschützen. Ulrich machte weiterhin Geldquellen ausfindig und überlegte immer noch nicht, wie er damit einen Gewinn erwirtschaften konnte. Die Banken schauten nur auf den Gewinn der Apotheke. Die »zukunftsweisenden« Geschäftsideen waren den Banken egal, solange es Sicherheiten für die Bankkredite gab. Das schuldenfreie Haus Fisler war nun belastet mit 200.000 DM. Das konnte auf Dauer nicht gutgehen.

Abschließen und regenerieren

Dieses Foto von Paul drückt das Zusammenleben von Nikki und Ulrich gut aus: Nikki hätte sich gern an Ulrichs Hand festgehalten, war aber nur bereit, ihre halbe Hand zu reichen. Ulrich reichte ihr seine Hand gar nicht, er ließ seinen Arm nur herunterhängen zum Anfassen. Und so ging es dann weiter:

Als der Schuldenberg sich weiter auf 330.000 DM angehäufte, zog Nikki ihre Hand gänzlich zurück und beendete diese Lebensphase des permanenten Ehekriegs. Sie schmiss Ulrich Laut buchstäblich aus dem Haus, und der »Lautsprecher« fuhr zu einer neuen Sponsorin nach Bayern.

Die Scheidung war schnell ausgesprochen vom Familienrichter in Karlsruhe, aber die Schulden blieben. Jetzt war es Nikkis Aufgabe zu sanieren, und Mutti musste sich regenerieren. Das Ganze hatte Luise noch mehr mitgenommen als Nikki.

Mutter konnte sich nicht erklären, warum sie sich so in Ulrich getäuscht hatte und warum sie dagegen Bertram so schlecht behandelt hatte. Nikki sagte der Mutter und auch sich selbst, dass man jetzt das Vergangene hinter sich lassen und nach vorne schauen müsse.

Luise versuchte, mit Ulrich Laut den Kontakt zu halten, da sie immer noch hoffte, dass Ulrich sich an den Rückzahlungen der Schulden beteiligte. Aber Ulrich fand ganz rasch wieder eine Frau, bei der er einzog und dann auch wieder heiratete. Diese Frau wurde Geschäftsführerin seiner neuen Presseagenturen. Luise konnte auf Google mitverfolgen, wie ein Konkurs dem anderen folgte.

In Karlsruhe fand Nikki einen festen Arbeitsplatz in einem mittelständischen ortsansässigen Unternehmen. Ihre Tätigkeit wurde gut bezahlt, was jetzt das Wichtigste für Nikki war. Es war ihre erste Festanstellung in einem Fremdunternehmen im Alter von vierzig Jahren. Ihr Zuständigkeitsbereich war Öffentlichkeitsarbeit. Sie arbeitete sich schnell in diese Materie ein. Ihre früheren Presseerfahrungen waren hilfreich, um rasch neue Kontakte aufzubauen für ihren Arbeitgeber und dessen Dienstleistungen.

Die Apotheke blieb weiterhin verpachtet. Nikki konnte jetzt damit rechnen, mit ihrem Einkommen und der Pacht der Apotheke in neun bis zehn Jahren schuldenfrei zu sein.

Vor allem versuchte Nikki, den Schaden für die Mutter zu minimieren. Mutti war jetzt sechzig Jahre alt. Es war etwas Ruhe in ihrem Leben eingetreten, vor allem brauchte Luise sich keine Sorgen mehr zu machen wegen des finanziellen Wohlergehens. Nikki wünschte für ihre Mutter, dass sie alles das tun konnte, was ihr Freude bereitete. So lernte Mutti

Klavier spielen am Badischen Konservatorium in Karlsruhe. Es klang so schön, wenn zu Hause die Räume sich füllten mit ihrem ergreifenden Klavierspiel. Nikki kaufte ihr einen kleinen weißen Flügel. Luise sagte immer, sie spiele jetzt für Wilhelm.

Wilhelm blieb der einzige Mann in Luises Leben. Sie kam nicht auf die Idee, sich wieder mit einem anderen Mann einzulassen. Sie war glücklich mit ihren Erinnerungen an Wilhelm. Er war die Liebe ihres Lebens.

Einmal sagte Luise allerdings, sie könne sich vorstellen, der Großherzogin vorzuspielen. Nikki lachte:»Jetzt weiß ich, von wem ich die Fantasie geerbt habe. Weißt du noch, als ich mir Geschichten ausdachte von den noblen Herrschaften in Baden-Baden? Jetzt stelle ich mir vor, wie du der Großherzogin Hilda von Baden vorspielst hier im Schloss in Karlsruhe. Die letzte Großherzogin von Baden war ja auch bekannt als Kunstmäzenin.«

Luise kochte auch gerne und stellte immer etwas Leckeres auf den Tisch für Nikki. Allmählich fühlte sich das Leben für Mutter und Tochter wieder normal an. Es war angenehm, in Karlsruhe zu schlendern und von vielen Menschen gegrüßt zu werden, mit dem Namen angesprochen zu werden und einfach zu hören:»Guten Tag, die Damen Fisler, was gibt es denn heute Neues?«

Nikki fühlte sich etwas unwohl, wenn sie allein in Karlsruhe flanierte und im Stadtzentrum Menschen aus aller Herren Länder sah. Nikki versuchte, sich selbst Fragen zu stellen wie:»Ist das die Zukunft, dass überall Menschen aus verschiedenen Ländern zusammenkommen? Warum sehe ich es nicht gerne, wenn Mutti mit Annabelle durch Karlsruhe bummelt und für ihre Enkeltochter Kleider kaufen will?«

Nikki schämte sich vor sich selbst, wenn sie dann dachte: »Und jetzt geht Mutti wieder mit dem Maikäfer einkaufen. Oder bin ich neidisch auf Schwester Monica, weil Bertram Duwalier ein guter Mensch und Ehemann ist und Monica mit ihrem dunkelhäutigen Mann eine glückliche Ehe führt? Oder habe ich ein Unbehagen gegenüber dunkelhäutigen Menschen, weil ich an Luises schlechte Erfahrung mit den französischen Soldaten denke?«

Nikki fand keine Antwort, ließ diese Fragen unbeantwortet und betrachtete sie als nicht prioritär. Sie versuchte einfach, ihre Vorbehalte zu verdrängen.

Dann kam es 1991 zur Wiedervereinigung von Ost- und Westdeutschland. Die Sowjetunion löste sich auf und der Kalte Krieg endete. Neue Länder entstanden wie Estland, Lettland, die Ukraine, Aserbaidschan und Kasachstan, um nur einige zu nennen. Im ehemaligen Jugoslawien herrschte jetzt Krieg. Südafrikas Präsident de Klerk kündigte am 1. Februar 1991 das Ende der Apartheid an.

In diesem denkwürdigen Jahr 1991 kam es zu einem Wiedersehen mit Nikki. Als Nikki das Gefühl hatte, ihren Kopf auslüften zu müssen in der reinen Schwarzwaldluft, fragte Nikki mich, ob ich in ihr Feriendomizil kommen wolle.

Gerne sagte ich zu, denn auch ich war etwas durcheinander. In dem Wohnort meiner Eltern, in Wertheim am Main, hatten alle amerikanischen Besatzungssoldaten die Kaserne verlassen, und genau eine Woche danach zogen in die frei gewordenen Wohnungen Deutschrussen ein. Das war ein richtiger Schock für die Wertheimer. Von einer Woche auf die andere war in Wertheim anstatt Englisch nur Russisch zu hören.

Auch ich wollte über diese unglaubliche Situation nachdenken und fuhr in den Schwarzwald. Wir wanderten zusammen, genossen die würzige Tannenluft.

Hier erfuhr ich von dem ganzen Drama in Nikkis Leben, das sie hinter sich gebracht hatte. Sie war geschieden, hatte aufgehört mit dem Pressezirkus, als sie eine Anstellung in einem Karlsruher Unternehmen fand. Sie kaufte sich jetzt ihr erstes eigenes Auto. Nikki gab mir ihren letzten Presseartikel »Mein Traumauto« zu lesen. Dieser Text wurde im Sommer 1991 veröffentlicht:

Mein Traumauto

(NF) Gerne würde ich mit Gott, dem Allmächtigen, über meine Autowünsche sprechen. Ich würde sagen, dass wir jetzt am Ende des zwanzigsten Jahrhunderts leben und sicher noch Fortschritte in der technischen Entwicklung möglich sind.

Ich stelle mir das Gespräch so vor: »Lieber Gott, ich brauche jeden Tag ein funktionierendes Auto. Ich fahre auch Fahrrad und laufe gerne zu Fuß in Wäldern, aber bestimmte Ziele erreiche ich nur mit meinem Auto. Zug fahren ist manchmal bequemer, aber nicht immer. Ich brauche einfach sehr oft ein Auto. Das wird wahrscheinlich auch so bleiben. Deshalb ist das meine Wunschliste für die Zukunft:

Wenn ich einsteige in mein Vehikel, dann soll es bequem sein, etwas höher. Ich möchte keinen Schuhlöffel benutzen müssen und sitzen wie zu Hause im Sessel. Natürlich schnurrt dann der Motor wie eine Katze. Ich habe Rundumsicht, denn ich muss immer wissen, was los ist.

Wenn ich so nachdenke, lieber Gott, dann ist das Wichtigste für mich Sicherheit, noch wichtiger als Bequemlichkeit. Vielleicht könnten Luftkissen mich rundum schützen, wenn ein Idiot mit seinem Auto auf mich drauf fährt.

Das Auto der Zukunft darf auch selbst bremsen, wenn ich mal unachtsam sein sollte und nicht rechtzeitig sehe, wenn Kinder auf die Straße rennen.

Ich fahre meistens allein. Es nervt mich, in unbekannten Gebieten zu halten und eine Landkarte zu studieren. Ich wünsche mir ein System, das mir zeigt auf einem Bildschirm im Cockpit, ob ich links oder rechts abbiegen muss. Es darf auch gerne zu mir sprechen.

Es soll natürlich wenig Sprit brauchen. Ich würde das Auto an der Steckdose laden wollen, obwohl mir schon klar ist, dass dann woanders zur Stromerzeugung auch wieder Sprit oder Kohle verwendet wird. Oder doch nicht? Vielleicht kann man auch Sonnenlicht verwenden, wenn das möglich wäre.

Ein paar Extras würde ich noch dazu bestellen, wie Schiebedach oder Sitzheizung. Mein Auto soll auch gut riechen, nicht nach Plastik, sondern nach edlem Leder. Es darf Haifischflossen haben so wie früher, weil das so extravagant aussieht.

Ob das Auto auf Pfiff zu mir kommen soll wie ein Hund? Ich weiß nicht, lieber nicht, aber vielleicht gefällt das anderen Autofahrern, wenn ihr Auto ohne Fahrer fahren kann. Mein Auto muss nicht selbst fahren, nicht fliegen und tauchen können, es soll immer Bodenhaftung haben.

Es soll zuverlässig fahren und langlebig sein. Ich bin bereit, es zu pflegen, waschen, trocknen, sauber zu machen, zum Autodoktor zur Prävention zu bringen, Motoröl und guten Kraftstoff oder eventuell Strom zum Trinken zu geben. Ich würde es auch streicheln und ihm sagen: ›Du bist ein gutes Auto.‹ Bitte, lieber Gott, stelle mir bitte mein Traumauto vor die Türe, mein jetziges Auto kann das alles nicht.«

Gott würde vielleicht antworten: »Ich bin kein Magier. Du als Mensch wirst nie eine Vorstellung von meinem Wesen haben können. Deshalb habe ich euch Menschen die Entwickler geschickt. Diese Entwickler werden alles weiterbringen, wenn ihr das nur verstehen würdet.«

Ein einziges Auto, das bis in alle Ewigkeit fährt und fährt? Das wird es wohl nie geben. Das habe ich jetzt verstanden. Dafür hat Gott den Fortschritt zugelassen. Aber bei den Autos ist das ohne die begnadeten Ingenieure nicht möglich. »Also schick uns immer wieder solche Entwickler!« Ich werde in Zukunft mich immer wieder überraschen lassen von Neuentwicklungen. Ganz ehrlich gesagt, am meisten warte ich auf ein Auto, das navigieren kann, und ich nicht mehr die Landkarte in die Hand nehmen muss. Andere Autofahrer haben andere Wünsche. Vielleicht ein Auto, das dem individuellen Bedarf des Fahrers angepasst werden kann?

Huch, wie wäre das? Ein Auto, das täglich die Farbe wechselt, wie ich meine Kleiderfarbe wechsle?

Ich fand diesen Artikel humorvoll und hielt ihn für einen guten Abschluss von Nikkis Schreibtätigkeit im Autobereich. Ich verstand, was Nikki sich für die Zukunft zur Fortbewegung auf der Straße vorstellte.

Die darauffolgenden zwei Jahrzehnte vergingen wieder wie im Flug, und auch die Autos wurden verbessert in dieser Zeit, so wie Nikki es sich vorgestellt hatte. Ich fand eine neue Arbeitsstelle im Ausland und war viele Jahre ohne funktionierende Möglichkeiten zur Kommunikation.

Meine Freundin kämpfte in dieser Zeit mit Unterleibsbeschwerden und hatte mehrere Operationen, bis es zu einer sogenannten »Totaloperation« kam. Das bedeutete für Nikki, keine Kinder bekommen zu können. Sie sah für sich keinen Grund mehr, einen neuen Ehepartner zu finden.

Nikki hätte gerne Kinder gehabt, weil Kinder für sie zu einem erfüllten Leben gehörten. Für meine Freundin war das sogar der wichtigste Teil des Lebens, Kinder zu erziehen, sie wachsen zu sehen, all die lustigen Dinge und traurigen Erlebnisse mit den Kindern zu teilen, so wie es in ihrer eigenen Kindheit geschah. Ihre Kindheit und Jugendzeit war im Rückblick die schönste Zeit in ihrem Leben.

Außerhalb ihrer Tätigkeit bei ihrem Arbeitgeber in Karlsruhe machte Nikki eine interessante Entdeckung, denn sie suchte nach Lösungen für ihre gynäkologischen Probleme: Die Traditionelle Chinesische Medizin!

Noch in den Achtzigerjahren gab es nur eine Handvoll westlicher Mediziner, welche alte chinesische Medizin im Ursprungsland erlernen durften. Diese Medizin war seit Jahrtausenden auf Prävention angelegt und erst in zweiter Hinsicht auf die Therapie von Krankheiten.

Es machte für Nikkis Verständnis von Pharmazie absolut Sinn, auch in Zukunft wieder Krankheiten am Entstehen zu hindern. Sie wollte zumindest ihren Beitrag dazu leisten, suchte weitere Mitarbeiter neben dem Pächter, die Beratung in Traditioneller Chinesischer Medizin in ihrer Apotheke anbieten konnten. So wurden Kräutermischungen zur Prävention neben dem regulären Angebot in ihrer Apotheke hergestellt.

Als dann die Währungsumstellung von DM zu Euro kam, war Nikkis Schuldenberg abgebaut und beide Fislerinnen sehr erleichtert.

Fünf Jahre später starb Nikkis Mutter mit 75 Jahren bei einem Autounfall. Ein entgegenkommendes Fahrzeug stieß beim Überholen frontal mit dem Auto von Luise zusammen.

Luise starb sofort am Unfallort. Wilhelm musste zwanzig Jahre auf seiner Bank warten, bis Luise sich zu ihm setzte.

Zu Muttis Beerdigung kamen Paul und Monica mit Mann und Tochter. Edeltraud war krank und konnte die weite Reise nicht antreten. Hanni war gerade mit Pferden in Australien und wurde zu spät von der Beerdigung benachrichtigt. Gitti war in der Zwischenzeit umgezogen und hatte die neue Adresse den Geschwistern nicht mitgeteilt.

Nikki war nun das erste Mal allein in ihrem Karlsruher Zuhause. Diese Umstellung fiel ihr wahnsinnig schwer. Sie vertiefte sich noch mehr in ihre Arbeit, verließ um sieben Uhr morgens das Haus, versteckte ihr Gesicht hinter einer Sonnenbrille, kam gegen acht Uhr oder noch später zurück zum Schlafen, das Nachtessen entfiel. Manchmal wechselte sie noch ein paar Worte mit der Putzfee, die sie eingestellt hatte. Sie hatte aufgehört, über ihre Zukunft nachzudenken oder zu planen und Wünsche zu haben, außer Ruhe zu finden.

Ab nach Washington

In dieser Situation wurde Nikki von ihrem Arbeitgeber beauftragt, nach Washington zu fliegen, um dort die Gattin des amerikanischen Präsidenten, Michelle Obama, zu interviewen.

»Was, ihr habt sie wohl nicht mehr alle!«, das war ihre erste Reaktion. »Worüber soll ich sie interviewen?«

»Über die Parallelen zwischen Washington und Karlsruhe!« Ist doch ganz klar, Karlsruhe ist das Vorbild für Washington. Die amerikanische Hauptstadt wurde nach dem Stadtplan von der Fächerstadt Karlsruhe aufgebaut.

»Und warum gerade Michelle Obama?«

»Weil die First Lady im Weißen Haus einen Garten angelegt hat und es da Parallelen gibt zu Karlsruher Aktivitäten, die sich auch mit der Nutzung von Pflanzen beschäftigen.

Jedenfalls würde ein Foto mit Ihnen, Michelle Obama und einer Pflanze in der Hand sich gut machen. Sie können ja ein Kostüm in den Badener Farben tragen. Hier ist das Ticket. Sie gehen einfach zum Weißen Haus, erscheinen dort, machen Kontakte, bis man Sie reinlässt. Sie haben auch fünf Wochen Urlaub noch nicht verbraucht. Diese Urlaubstage können sie dranhängen, Frau Fisler.«

Nikki flog mit einem komischen Gefühl im Magen zu einem ihr unbekannten Kontinent. Sie war nicht vertraut mit der Kultur, den Gewohnheiten der Menschen und erst recht nicht mit den diplomatischen Gepflogenheiten. Die englische Sprache, das war das Einzige, was sie sich zutraute.

Sie nahm sich ein Hotelzimmer, schlief erst einmal den Jetlag aus. Dann machte sie sich auf den Weg in die Presseabteilung des Weißen Hauses. Sie hatte ihren Interviewwunsch bereits per E-Mail und per Briefpost angekündigt. Und so wie es sich gehörte, auch einen Brief an die amerikanische Botschaft geschickt mit der Bitte um Weiterleitung.

Sie wollte nun vom Hotel aus telefonisch ihre Vorsprache regeln, aber sie wurde noch nicht einmal verbunden mit der Presseabteilung oder dem sogenannten Berater für Strategie und Kommunikation, der ihr hätte weiterhelfen können. Also machte sie sich auf den Weg in das Büro des Beraters. Aber man ließ sie noch nicht einmal durch das Tor. Manche Personen strömten einfach hinein, ihr sagte man nur: »Wer sind Sie überhaupt, Miss Nikola, nein das geht nicht, Honey. Wir lassen Sie nicht ins Weiße Haus. Wir kennen Sie doch überhaupt nicht.«

Als Fislerin war sie gewöhnt, nicht so schnell aufzugeben. Aber mit »Miss Nikola« oder »Honey« angesprochen zu werden, war doch neu für sie. Sie wandte sich an die Deutsche Botschaft, wo man sofort ihr Kommunikationsproblem verstand und von der Botschaft aus versuchte, den Kontakt herzustellen, aber ohne Erfolg.

Ferner besuchte Nikki die deutschen Studienstiftungen, weil dort einmal im Monat ein Empfang in Washington gegeben wurde, wo wichtige Personen anwesend waren. Auch dort versuchte man, das Interview endlich zu terminieren.

Und wieder tat sich nichts. Man sagte Nikki hinter vorgehaltener Hand, die Präsidentengattin sei etwas schwierig, das sei nicht das erste Mal, dass deutsche Staatsbürger diese Kommunikationsprobleme mit dem Weißen Haus hätten.

»Scheibenkleister«, dachte Nikki, »ich komme einfach nicht an die Präsidentengattin heran. Ich bin mir noch nicht einmal sicher, ob sie meine Mitteilungen überhaupt gelesen hat. Nix erreicht, das bin ich nicht gewohnt!«

Ein Kollege schlug ihr vor, doch einen kleinen Rund-Trip von Washington aus zu machen und vor der Rückreise noch mal um einen Interviewtermin zu bitten.

Das machte Nikki und nahm einen Flieger nach Las Vegas. Und was für ein Zufall! Sie bekam ein schönes Hotelzimmer mit Rundumsicht in einem Hotel am Strip. Im Convention Center, einem der größten Messezentren der Welt, feierten die Autofans die »Las Vegas Car Show 2009«. Nikki hatte seit zwanzig Jahren nichts mehr mit Autotests oder dem

Schreiben von Fahrberichten zu tun gehabt. Aber es wunderte sie, so viele Autos von europäischen oder asiatischen Autoherstellern auf den amerikanischen Straßen zu sehen.

Sie wollte diesem Umstand nachgehen und ging zu der Autoausstellung. Das interessierte Nikki mehr als die vielen Möglichkeiten zum Glücksspiel.

Im Convention Center gab es nur noch vereinzelt Haifischflossen-Karossen zu sehen. Das breite Spektrum der Autohersteller auf dem Weltmarkt war vertreten. Es hatte sich auch an der Stimmung nicht viel geändert, es war immer noch bunt und laut.

Mit müden Beinen ging sie zurück in ihr Hotel und machte es sich in einer Ecke des Restaurants bequem. Es war angenehm kühl und ruhig, nur ein weiterer Gast saß am Nachbartisch. Als Nikki ihre Prospekte durchblätterte, wendetet der Gast sich ihr zu, machte eine Verbeugung und sagte: »Entschuldigen Sie meine Neugierde, gnädige Frau, aber ich sehe, Sie haben Autoprospekte in der Hand. Das ist ungewöhnlich für eine Frau.«

»Oh, ich hatte viel mit Journalismus zu tun und in meinen jungen Jahren auch über Autos geschrieben, übrigens, ich heiße Nikola Fisler. Ich komme aus Deutschland, aus Karlsruhe.«

»Und ich heiße Castadarrow Thompkins. Das ist meine Visitenkarte. Ich wohne und arbeite hier in Vegas. Ich interessiere mich auch für die Fahrqualität von Autos und fahre übrigens ein europäisches Auto. Wollen Sie raten, was für eines?«

»Hm, Sie sind groß gewachsen, ich vermute, wenn ihr Auto sprechen könnte, würde es deutsch mit bayrischem Tonfall reden.«

Nikkis Gesprächspartner lachte: »Sie haben recht, es spricht mit sechs superleisen Zylindern, es flüstert nur auf Bayrisch.«

Da musste Nikki auch lachen, und ihr neuer Bekannter sprach weiter: »Frau Fisler, wenn Sie Journalistin sind, dann würde ich Ihnen gerne einen Text zum Lesen geben. Ich habe den Text natürlich nicht dabei, aber wenn ich Sie morgen zum Essen einladen darf, dann würde ich gern mein Geschreibsel für Sie ausdrucken.«

So machten sie es. Nikki legte sogar Lippenstift auf zu dem Treffen und bekam folgenden Text in einer Mappe. Sie las gleich in ihrem Hotelzimmer.

Sehr geehrte Frau Fisler,

ich möchte Ihnen gerne von mir etwas erzählen und lege einfach mal los. Also, mein Name ist Castadarrow Thompkins. Ich wurde im Dezember 1952 in Chicago geboren.

Castadarrow ist ein ungewöhnlicher Name für ein kleines schwarzes Kind, das in einem der vielen Ghettos von Chicago aufwuchs. Meine Eltern hatten mich nach einer Radio-Seifenoper benannt. Vielleicht hofften sie, dass ich eines Tages berühmt werden würde mit diesem Namen. Eines war jedenfalls sicher. Niemand in meiner Nachbarschaft hatte den gleichen Namen. Ich kann jedoch sagen, es war eine Herausforderung, mit diesem Namen aufzuwachsen.

Mein Vater war der Sohn eines Baptisten-Predigers und selbst ein Prediger. Auf der Suche nach einem besseren Leben siedelte der Vater in den fünfziger Jahren mit meiner Mutter und meiner älteren Schwester von Arkansas nach Chicago um. In der neuen Stadt arbeitete mein Vater während der Woche bei der Eisenbahn und sonntags als Pfarrer. Ich ging jeden Sonntag mit zur West Point Baptist Church. Dort traf ich meine engsten Freunde und sammelte erste Erfahrungen im Tauschhandel. Nach dem Gottesdienst gingen wir in die Läden an der Ecke, kauften Süßigkeiten und begannen zu tauschen.

Wir lebten in einem Ort namens Ida B. Wells. Dieser Stadtteil von Chicago war ein »project«. Man sagt auch Ghetto. In meinem »Project« wurden schwarze Menschen angesiedelt. Der Stadtteil war so angelegt, dass man zu Fuß Schulen, Lebensmittelgeschäfte, Kaufhäuser und Friseurläden erreichen konnte.

Ich bezeichnete mich gerade als ein »kleines schwarzes Kind«. Wegen der Helligkeit meiner Hautfarbe wurde ich »kleiner weißer Junge« genannt. Mein Vater war halb weiß und schwarz, meine Mutter halb indianisch und schwarz. In jenen

Tagen wurden Menschen von Weißen als schwarz angesehen, wenn sie nur einen Tropfen schwarzen Blutes in sich hatten. Damals benutzte man das Wort »Neger«. Aber im Ghetto wurde ich von den dunkelhäutigen Menschen in meiner Nachbarschaft gehänselt und als weiß bezeichnet. Wirklich, Frau Fisler, das war so.

Wenn ich zurückblicke, war ich immer in Schwierigkeiten. Schon im Vorschulalter sagte ich böse Worte zu einem sanftmütigen Mitschüler. Heute frage ich mich, warum ich so gemein war. Ich erinnere mich, dass ich damals in der Schule unter einem Lehrertisch oder auch in einem Schrank sitzen musste, weil ich Widerworte gab. Ich wurde regelmäßig von der Schule nach Hause geschickt. Ich wurde sogar von einer Lehrerin geschlagen, woraufhin ich die Lehrerin anfauchte: »Fassen Sie mich nie wieder mit Ihren weißen Händen an!«

Ich gewöhnte mir an, in der Schule nur das Minimum zu tun, um durchzukommen. Ich konnte aber gut zeichnen, singen und tanzen. In der High School sang ich mit einer Gruppe namens Or'Dells, und ich war mit vollem Herzen bei der Sache.

Ich bin in schwierigen Zeiten aufgewachsen. Es war eine Ära großer und schneller Veränderungen. Veränderungen, die alles infrage stellten, wofür dieses Land zuvor gestanden hatte. Eine der Herausforderungen, um nur diese zu nennen, war die Bürgerrechtsbewegung. Und: Eine neue Art von Musik eroberte das Land im Sturm. Es war die Ära von Martin Luther King Jr., John F. Kennedy und Muhammad Ali. Ich gab zweien dieser Männer die Hand. Martin Luther King Jr. sprach an meiner Grammar School. Als er das Auditorium ver-

ließ, sprang ich von meinem Platz auf, rannte an seinen Leibwächtern vorbei und schüttelte ihm die Hand. Ich habe keine
Ahnung, warum ich von ihm so beeindruckt war. Ich berührte
ihn, das war alles, was für mich damals wichtig war.

Auch John F. Kennedy sprach in einem Einkaufszentrum,
um sich für seine Wahl als Präsident der Vereinigten Staaten
bekannt zu machen und zu versuchen, schwarze Stimmen zu
bekommen. Wieder gelang es mir, an seinen Leibwächtern vor-
beizukommen und ihm die Hand zu schütteln. Wiederum hatte ich keine Ahnung, warum ich von diesem Mann so beeindruckt war, aber ich habe ihn angefasst. Ich hatte zwei der
einflussreichsten Menschen meiner Zeit berührt.

Erst viel später erkannte ich, dass mein Leben einen Sinn
hatte. Ich bin mir jetzt sicher, dass das Fundament der Sinnhaftigkeit in meiner frühen Kindheit gelegt wurde. Und ich bin
mir sicher, dass die Ereignisse in meiner Jugend mich zu der
Person machten, zu der ich heute geworden bin. Eine Person,
die immer nach tiefen Bedeutungen sucht.

So, das ist alles, Frau Fisler. Ich hoffe, Sie finden meinen Text interessant. Wenn Sie weitere Fragen haben, dann
zögern Sie bitte nicht und setzen sich mit mir in Verbindung.

Mit freundlichen Grüßen

Castadarrow Thompkins

Ein Interview zum Nachdenken

Nach dem Lesen des Textes ihres amerikanischen Gesprächs-
partners hatte Nikki in der Tat einige Fragen. Als Motorjour-
nalistin hatte sie immer ihre Fahrerlebnisse beschrieben, aber
selten Menschen interviewt, auch nicht den Weltmeister Walter Röhrl. Sie fühlte dennoch in dieser Situation ein großes
Interesse, ihre Fragen zu stellen. Zuerst fragte Nikki ihren
Gesprächspartner:

»Herr Thompkins, warum meinen Sie, soll ich über Sie
schreiben und etwas aus ihrem Leben erzählen?«

»Nun, ich kann mir vorstellen, dass für den Leser meine
Lebensgeschichte eine Ermutigung sein kann, mit dem eige-

nen Schicksal konstruktiv umzugehen. Die Leser können sich selbst fragen, welche Lebenswege sie in dieser seltsamen Zeit einschlagen und welchen Zielen sie folgen sollen!«

»Das macht Sinn. Nun, Herr Thompkins, wäre Ihre Kindheit als weißer Junge anders verlaufen?«

»Sehr wahrscheinlich, aber als Kind habe ich nicht nachgedacht über die Unterschiede zwischen Schwarz und Weiß.«

»Entschuldigen Sie, wenn ich Sie unterbreche, Herr Thompkins, haben Sie als Kind die verschiedenen Hautfarben der Menschen nicht bemerkt?«

»Genau. Erst als ich ein Jugendlicher war, begann ich, die Unterschiede zwischen Schwarz und Weiß wahrzunehmen, und auch nur das, was ich im Fernsehen sah. Zum Beispiel: Weiße Kinder bekamen Autos von ihren Eltern zum Schulabschluss. Mir wurde dagegen von meiner Mutter gesagt: ›Wenn du ein Auto haben willst, dann suche dir einen Job und kaufe dir es selbst.‹ Ich verstand nicht, warum das so war, und das ärgerte mich.«

»Aber Herr Thompkins, ist das nicht bei den meisten Familien so?«

»Frau Fisler, es sind eben die Schwarzen, die weniger privilegiert waren als andere Bevölkerungsgruppen, sie waren weniger gebildet und hatten weniger Geld zur Verfügung.«

»Herr Thompkins, Sie schreiben, dass Sie in einem Wohnviertel aufgewachsen sind, das als ›project‹ bezeichnet wurde, und Geschäfte, Schulen, Kinos, Kirchen und Krankenhäuser zu Fuß erreichbar waren. Das klingt doch sehr praktisch.«

»Ja, war es auch. Es hatte aber den Nachteil für mich und meine Mitbewohner, dass ich nichts von der Welt außerhalb meiner Wohngegend Ida B. Wells wusste. Ich wagte mich selten über die Grenzen hinaus. Obwohl ich als Teenager in den Zeiten der Rassenunruhen lebte, kam ich mir etwas geschützter vor als an anderen Orten. Viele Auswirkungen des Rassismus, so wie in den Südstaaten, habe ich nicht erlebt. Aber wir hatten eine eigene Art der Diskriminierung.«

»Wie sah diese Diskriminierung aus, Herr Thompkins?«

»Ich wurde oft wegen meiner Hautfarbe und meines ungewöhnlichen Namens von Weißen, aber auch von anderen Schwarzen, anders behandelt. Die Schwarzen aus meiner Community brachten mir mehr Vertrauen entgegen, und ich wurde für reicher gehalten, was ich aber nicht war.«

»Was sehen Sie als den größten Nachteil, in einem Ghetto aufgewachsen zu sein?«

»Wir Kinder wurden hauptsächlich von älteren Kindern beeinflusst und mit den Gruppenregeln vertraut gemacht. Die Erwachsenen in der Gemeinde waren wohlmeinend, aber ungebildet.«

»Und wie sah es mit Kriminalität und Gewaltbereitschaft in Ihrer Community aus?«

»Es gab überall Gangs in Chicago und in anderen Städten. Sie hatten einen abgegrenzten Einflussbereich, in dem sie Schlägereien hatten und wo auch Menschen umgebracht wurden.«

»Was waren ihre Träume als Jugendlicher?«

»Als junger Erwachsener fuhr ich oft mit dem Auto in weiße Wohngegenden und träumte davon, ein schönes Haus zu haben, wie es die Weißen hatten. Aber nicht viele Schwarze lebten in diesen Orten.«

»Welche Lieder sangen Sie mit Ihrer Gruppe The Or' Dells?«

»Wir sangen Lieder von den Temptations und von den Miracles, also Motown Music, kennen Sie diese Musik?«

»Na klar. Welche Bedeutung hat Musik für Sie?«

»Musik hat einen großen Einfluss auf die Menschen. Es verstärkt die menschlichen Gefühle. Musik kann Balsam für die Seele sein und die geistige Entwicklung fördern. Musik mobilisiert das Gehirn und produziert starke Emotionen. Entsprechend der Art der Musik kann Musik sich majestätisch anfühlen, aber auch zu Gänsehautgefühlen, zu Tränen in den Augen und zu einem Kloßgefühl im Hals führen oder wie in manchen Filmen Horrorgefühle auslösen. Ich möchte Musik in meinem Leben nicht vermissen, auch wenn ich selbst nicht mehr singe.«

»Und was bedeutet es, dass das Leben für Sie einen Sinn hat und Sie nach tiefen Bedeutungen gesucht haben? Was genau meinen Sie damit?«

»Kurz gesagt, wenn wir keinen Sinn im Leben finden, dann werden Sie das Leben bedeutungslos und unerfüllt finden. Ohne Sinn im Leben mangelt es einem an Motivation. Obwohl man atmet, spürt man keine Vitalität. Ohne Motivation und Vitalität hat man keinen Orientierungssinn, kein Schicksalsgefühl, keinen Sinn für die Zukunft.

Es ist eine Sache, ein Lebensziel zu wählen, und eine ganz andere Sache zu erkennen, bereits mit einer Bestimmung geschaffen worden zu sein. Wie befriedigend wäre es zu wissen, dass Sie bereits ein Ziel und eine Bestimmung haben? Eine Bestimmung, die göttlich verordnet wurde, einen Sinn des Lebens, der alle Ziele bereits für uns vorgezeichnet hat.«

»Herr Thompkins, ich habe mir einen Schöpfergott und seine Schöpfung nie richtig vorstellen können. Aber ehrlich gesagt, auch nie weiter darüber nachgedacht und keine persönlichen Konsequenzen und Überlegungen angestellt.«

»Frau Fisler, kann ein Auto sich selbst herstellen? Nein, es braucht den Bauplan eines Erfinders wie Carl Benz. Und können wir heutzutage die Oldtimer noch benutzen? Nein, nur mit großen Schwierigkeiten, es hat wesentliche Neuerungen gegeben im Autobau!

Frau Fisler, treten Sie doch aus Ihrem gegenwärtigen Paradigma heraus. Seien Sie bereit, Ihre Überzeugungen zu überprüfen. Sie sind die Summe Ihrer Lebenserfahrung. Wir alle sind das. Ihre Lebenserfahrung ist eine Linse. Durch diese Linse sehen Sie die Welt um Sie herum. Manche nennen dies Paradigma. Ein Paradigma ist eine Landkarte oder ein

Modell, wie Sie die Welt verstehen. Wie genau ist Ihre Karte? Ist es eine Karte, die Sie erstellt haben, oder wurde Ihre Landkarte von wohlmeinenden Eltern, Lehrern, Gleichaltrigen oder Kollegen erstellt?«

»Oh, Herr Thompkins, jetzt wird es mir zu kompliziert. Für mich waren die Zusammenhänge in der menschlichen Gesellschaft immer sehr diffus. Mein Nichtverstehen hat mich davon abgehalten, mich mit Zusammenhängen zu beschäftigen, die mit dem besseren Zusammenleben der Menschen zu tun haben. Ich fand technische Dinge und die Handhabung von Autos leichter zu verstehen.«

»Frau Fisler, die Frage ist: Leben Sie ein Leben, das Sie gewählt haben, oder eines, das für Sie gewählt wurde? Wenn das Letztere zutrifft, dann lautet die nächste Frage: Sind Sie glücklich, ein Leben zu führen, das jemand anderes für Sie gewählt hat? Wenn nicht, dann wäre jetzt ein guter Zeitpunkt, etwas anderes zu wählen.«

»Ich habe ein Problem damit, in diese Wahl die Religion reinzubringen, denn die Religion ist unter anderem daran schuld, dass wir so viel Rassismus haben in der Welt.«

»Vielleicht hätten wir kein solches Problem damit, religiös zu sein, wenn wir ein besseres oder vollständigeres Verständnis der Aufgabe von Religion hätten. Religion vermittelt uns ein besseres Verständnis unseres Schöpfers, stärkt unseren Glauben an transzendente Kräfte und gibt uns die Maßstäbe für gutes Handeln.

Verstehen Sie mich richtig, mir ist bewusst, was Menschen im Namen der Religion getan haben, und hier liegt mein nächster Punkt: Religion macht Menschen nicht schlecht, Menschen machen Religion schlecht. Waffen töten keine Menschen; Menschen töten Menschen.

Das liegt nicht daran, dass wir das tun wollen, es geschieht meistens aus Unwissenheit oder Missverständnissen. In vielen Fällen werden wir von denen in die falsche Richtung geführt, die uns in die richtige Richtung führen sollten, wie Priester oder Führungspersönlichkeiten.

Wenn wir uns der vielen Einflüsse bewusst werden, die unser Leben zum Laufen bringen, dann arbeiten wir auch an der Verbesserung des geistigen, körperlichen und seelischen Wohlbefindens. Arbeiten Sie an gesünderen, glücklicheren Beziehungen, nicht nur zu geliebten Menschen, sondern auch zu Freunden und Fremden, zu sich selbst, und vor allem an Ihrer Beziehung zu dem, was die Quelle ist, zu Ihrem Schöpfer.«

»Herr Thompkins, ich werde über Rassismus schreiben und noch mehr recherchieren. Ist das in Ordnung für Sie?«

»Oh ja, das ist sehr wichtig, die Menschen mehr darüber zu informieren. Frau Fisler, ich wünsche Ihnen eine gute Rückkehr nach Karlsruhe. Am meisten wünsche ich Ihnen aber eine erneuerte Beziehung zu unserem Schöpfer.«

Nun, zunächst wollte Nikki ihre Zeit sinnvoll nutzen und ihre Schwester Hanni und die Nichte Annabelle nach langer Zeit wiedersehen. Ihre Reise ging dann weiter nach Louisville zur Schwester. Also nahm sie einen Flieger von Las Vegas nach Kentucky.

Entdeckungsreise in Amerika

Louisville, das konnte Nikki schon vor der Landung nachlesen, hat Stadtteile mit dem größten Bestand an viktorianischen Gebäuden außerhalb Englands. Der ehemalige Boxweltmeister Muhammad Ali ist eines der weltweit bekanntesten amerikanischen Gesichter und natürlich der unangefochten größte Sohn von Louisville. Louisville veranstaltet auch das Kentucky Derby, das am meisten beachtete Pferderennen der USA. Die Stadt bezeichnet sich gerne als die Stadt der konstruktiven Gegensätze.

Hanni holte ihre Schwester Nikki am Flughafen von Louisville ab. Nikki hätte beinahe ihre Schwester nicht wiedererkannt, denn auch Hanni war älter geworden, eine gepflegte fünfundsechzigjährige Dame mit sportlich schlanker Reiterfigur.

Hanni sprach Deutsch mit ihrer Schwester, aber mit amerikanischem Akzent, eigentlich ein Zeichen, dass man sich sehr integriert hat in seinem Lebensumfeld. In dem großen SUV zu sitzen fühlte sich für Nikki fast so sicher an wie in einem Panzer zu fahren. Es ging vorbei an vielen viktorianischen Villen. Es war offensichtlich, dass das die Gegend war, wo früher der Reichtum auf Plantagen erwirtschaftet wurde. Hanni fuhr hinaus aus der Stadt ins weite grüne Land und hielt nach einer Stunde vor einem noblen Herrenhaus, wie Nikki es bisher nur im Fernsehen gesehen hatte.

Das Anwesen war umgeben von Wiesen und Weiden. Der Blick bis zum Horizont war frei in allen Richtungen. Das Gras schimmerte tatsächlich so bläulich, wie man es den Weiden in Kentucky nachsagte. Hanni führte mit einem gewissen Stolz ihre Schwester auf dem Anwesen herum: Sie zeigte die noblen großen Pferdeställe, die Reithalle und die Rennbahn zum täglichen Trainieren der Rennpferde.

Hanni hatte den Pferdefachmann John nach ihrem Studium kennengelernt, und beide hatten zusammen nach der Heirat ihr jetziges Anwesen aufgebaut. Die vielen Preispokale machten deutlich, dass ihre Pferde überall auf der Welt bekannt waren – bis hin zu Pferdefans in den Emiraten und in Großbritannien. Auch der Sohn von Hanni und John hatte sich umfassendes Wissen angeeignet, um die Arbeit der Eltern weiterzuführen.

Auf dem Anwesen lebten auch ein Jockey, eine Tierärztin, zwei Pferdepfleger und zwei Assistentinnen des Jockeys sowie ein Stallmeister. Also ein großer Gutshof mit neun weiteren Villen, wo die Mitarbeiter lebten. Nikki wurde im Gästehaus untergebracht, wo es noch genug Platz für weitere Gäste gab.

Die Mitarbeiter kamen aus der ganzen Welt zu Hanni und John: die Tierärztin aus Australien, der Jockey aus Indien, die Assistenzjockeys aus Brasilien und Argentinien, die Pferdepfleger aus Mexiko, nur der dunkelhäutige Stallmeister war der Einzige auf dem Gutshof, der in Kentucky geboren war und ganz offensichtlich mit seinem großen Sachverstand das Sagen hatte.

Hanni scharte alle Mitarbeiter um sich herum beim Mittagessen in der Halle im Herrenhaus. Und das Thema Nummer eins waren natürlich die Pferde. Die Jockeys hatten einen sehr ausgeklügelten Speiseplan, weil sie für die Rennen wenig Gewicht mitbringen sollten.

Irgendwie hatte Hanni das Erbe von Wilhelm und Luise auf ihre Art weiter gepflegt. Hanni hatte die Einnahmen immer im Blick und machte zusammen mit John gut überlegte Investitionen. Ihre Pferde brauchten sie niemandem »aufzuschwatzen.« Sie hatten sich ein gutes Renommee als Pferdezüchter geschaffen.

Hanni erzählt ihrer Schwester abends am Kamin, dass sie schon als Kind Tiere über alles liebte. Aber das Haus der Eltern war viel zu klein, um einen Hund oder eine Katze zu halten. Noch nicht mal einen Kanarienvogel gab es in Karlsruhe. Reitstunden in Karlsruhe für die Kinder konnten die Eltern nicht finanzieren.

Mit etwas Wehmut in der Stimme sagte Hanni: »Nikki, mir war alles zu eng in Karlsruhe, unser Mädchenzimmer mit achtzehn Quadratmetern und den Stockbetten, das kleine Haus, die engen Straßen, die begrenzte Weltsicht der Menschen, die eingeschränkten Möglichkeiten, sogar der Ohio River ist hier viel breiter als der Rhein. Ich konnte die Enge nicht mehr ertragen. Ich könnte auch nicht in engen amerikanischen Stadtvierteln leben. Das ist der Grund, weswegen ich nicht mehr zurückgekommen bin. Wenn ich meine sentimentalen Minuten hatte, dachte ich immer, dass Louisville die Stadt von Luise ist und die Mutti stolz auf mich sein soll, was ich alles erreicht hatte. Das habe ich Mutti auch immer am Telefon gesagt, und Mami antwortete dann: ›Du machst das schon richtig, mein Kind.‹

Klar, immer wenn mein Stipendium nicht reichte, musste ich Nachtschicht machen an der Kasse eines Supermarktes. Ich hatte aber schon als Studentin einen Schäferhund, mit dem ich am Ohio River entlanglief. Ich hatte endlich meine eigene Unterkunft, die ich mit keiner Mitbewohnerin teilen musste. Dafür ging ich dann gerne zusätzlich im Supermarkt arbeiten. Als ich meine eigene Familie hatte, dachte ich seltener an Wilhelm, Luise und euch Geschwister. Ich hatte euch aber immer im Herzen.

Mir ist auch klar, wir sind zwar wohlhabend, aber nicht jeder möchte so auf dem Land leben, auch wenn wir uns einen Logenplatz beim Kentucky Derby leisten und wir unsere Rennpferde gut verkaufen können. Wir bezahlen unsere Mitarbeiter gut, sie fühlen sich nicht als Sklaven oder würden sich als ausgebeutet bezeichnen. Unser Jockey leistet sich einen deutschen Sportwagen von seinem Gehalt. Auch die anderen Mitarbeiter erhalten Spitzengehälter. Also kurz gesagt, ich habe hier ein neues Leben angefangen, das ich mir in Karlsruhe nicht hätte träumen lassen.

Und du, Schwesterchen? Du lebst immer noch in Karlsruhe in unserem Elternhaus. Ist dir das nie auf den Geist gegangen?«

»Nein, ganz im Gegenteil! Wenn ich auf Reisen war, bin ich immer gerne nach Hause zurückgekommen, habe es dort am gemütlichsten und am friedlichsten gefunden. Ich fand es wunderbar, Wilhelm und Luise in meiner Nähe zu haben.

Jetzt bin ich das erste Mal in meinem Leben allein in dem Haus, und es fällt mir sehr schwer, damit zurechtzukommen. Und was Pferde betrifft, so hatte ich immer Angst vor ihnen, weil sie so groß waren. Ich war einmal bei einem Pferderennen in Baden-Baden. Ich bin dorthin, weil ein Pferd von euch dort gelaufen ist. Euer Pferd hat mich angeprustet, vielleicht wollte es nur ›Hallo, Tante!‹ sagen, aber seine Begrüßung war sehr feucht! Es war ein Dreijähriger, der sogar gewonnen hat. Aber der Hutzwang für die Damen hat mich genervt.«

»Das nervt mich auch, dieser Hutzwang bei Pferderennen. Ich habe nur einen Hut, den ich auch beim Kentucky Horse Racing trage, und jedes Jahr immer wieder den gleichen Hut. Willst du ihn mal sehen?«

»Na klar! Ui, der ist ja Badener Gelb und so elegant, dass du ohne Weiteres neben der Queen von England stehen kannst!«

Hanni ließ es sich nicht nehmen, Nikki in ihrem gelben Sportwagen, den sie außer dem SUV hatte, nach Washington zu chauffieren. Diese 900 Kilometer waren für Nikki eine beeindruckende Autofahrt, wieder unendliche Weite bis zum Horizont. Nikki hatte den Eindruck, die Geschichte dieser Gegend erahnen zu können, auch, was Menschen in der Vergangenheit erlitten hatten.

Hanni ließ in Washington nichts unversucht, der Schwester doch noch zum Interview mit Michelle Obama zu verhelfen. Hanni setzte Nikki im Hotel ab, machte sich auf die Socken und brachte dann Folgendes in Erfahrung: Mit der First Lady werden im Allgemeinen nur Fotos erstellt, wenn die andere Dame einen vergleichbaren protokollarischen Rang hat. So ließ die First Lady sich bis jetzt fotografieren mit Carla Bruni-Sarkozy, der französischen Präsidentengattin, mit Queen Elisabeth und mit der japanischen Kaiserin. Sie lässt auch viele Fotos erstellen von ihren Projekten im Garten des Weißen Hauses, die mit gesunder Ernährung zu tun haben, aber nicht mit einer Dame aus Karlsruhe, die keine First Lady ist.

Nikki meinte dann:»Diesen protokollarischen Schnickschnack hätte ich vorher kennen sollen, dann hätte ich mir viel Zeit und Geld gespart. Also werde ich diese Neuigkeit nach Karlsruhe weiterleiten und erklären, warum ich keinen Interviewtermin mit der Präsidentengattin erhalten habe. Ich kann mich ja nicht als die Großherzogin von Baden ausgeben.

In Baden-Baden hätte ich im 19. Jahrhundert viel leichter ein Gespräch mit einer First Lady bekommen, da war es viel einfacher, mit Kaiserinnen und Königinnen zu parlieren. Heute versuchen sie nur, Volksnähe glaubhaft zu machen, indem sie die sozialen Medien nutzen.«

»Aber dann hätten wir uns nicht wiedergesehen, und du hättest wahrscheinlich auch nicht Annabelle in New York besucht, hat halt alles seine Vor- und Hinterteile«, meinte Hanni.

»Sowas kann auch nur eine Pferdeperson sagen«, flachste Nikki.

»Ich habe eine Idee, Nikki. Lass uns doch wenigstens ein Foto machen von meinem Auto in den Badener Farben vor dem Weißen Haus. Das wird dann ein absolut einmaliges Foto sein, ein Knaller!«

So machten es die beiden Schwestern. Sie lenkten die Aufpasser ab am Weißen Haus und fotografierten den gelben Flitzer. Dann ging die Fahrt der beiden Schwestern weiter nach New York, was auch für die amerikanisierte Hanni immer noch etwas Besonderes war. Annabelle freute sich riesig und hatte einen großen Blumenstrauß für die beiden Tanten auf den Tisch gestellt.

Nicht umsonst wird New York ›die Stadt, die niemals schläft‹ genannt. Wenn man will, ist immer in New York etwas los. Aber nach zwei Tagen Stadtbesichtigung war es Hanni wieder zu eng – in der Wohnung von Annabelle und auch in Manhattan. Sie fuhr zurück nach Louisville, nicht ohne Annabelle ganz herzlich einzuladen.

»Das war ganz toll, meine Familienmädchen zu genießen, jetzt sind die Pferdenarren wieder dran, meine Gegenwart erdulden zu müssen«, sagte Hanni lachend, was Nikki und Annabelle dann die Interpretation ihres letzten Satzes überließ.

Annabelle teilte eine Zweizimmerwohnung in einem Hochhaus in Manhattan mit zwei anderen Mitbewohnerinnen, weil die Mieten in New York so horrend hoch sind. Annabelles Wohnung war in der Nähe des Lincoln Center, wo ihre Ballettgruppe, das New York City Ballett, seine Auftritte hatte. Das New York City Ballett hatte ganz bemerkenswerte Auftritte wie »Romeo und Julia« und »Schwanensee«, in denen auch Annabelle mittanzte.

Viele berühmte Sehenswürdigkeiten waren sehr gut zu erreichen von Annabelles Wohnung, wie die Freiheitsstatue, der Central Park, das Empire State Building, die Wall Street, das Chrysler Building und die verschiedenen internationalen Stadtteile wie Greenwich Village, Chinatown und Little Italy.

Annabelle machte einen nachdenklichen Eindruck. Nikki fragte ihre Nichte, wie es für sie ist, in einer Traumstadt zu leben, wo fast alle Menschen hinwollen. Annabelle antwortete: »Ich bin jetzt 39 Jahre, kann vielleicht noch zwei oder drei Jahre tanzen, und was ist dann? Da ist auch noch die Verletzungsgefahr. Wenn ich mich jetzt verletzte, dann brauche ich nicht mehr im Lincoln Center zu erscheinen. Also, wenn ich aus Verletzungsgründen oder aus Altersgründen aufhören muss als Balletttänzerin, »then I am done«, wie man auf Englisch sagt. Und was die meisten nicht wissen, wenn du Balletttänzerin bist, dann musst du jeden Tag fünf Stunden trainieren, damit dein Körper geschmeidig bleibt.

Und heiraten? Das will hier niemand. Du musst amerikanische Männer bezahlen, wenn du als Nichtamerikanerin einen heiratest wegen der Greencard, also um Aufenthalts- und Arbeiterecht zu bekommen. Und rate mal, wie hoch die Miete ist für diese Wohnung? 7.000 USD im Monat ohne Licht und Heizung. Ich verstehe jetzt Mama und Papa, dass sie nicht so entzückt waren, als ich nach New York ging, wo doch in Stuttgart John Cranko die Weltelite im Ballett ausgebildet hat.«

Nikki wollte dann wissen: »Wie erlebst du Rassismus in New York?«

»Ich falle hier nicht so auf wie in Stuttgart. Guck mal auf die Straße, in zehn Minuten siehst du Menschen von etwa hundert verschiedenen Herkunftsländern, und du hörst kaum Englisch. Mir hat eigentlich niemand etwas Beleidigendes gesagt, solange ich hier lebe, oder mich ausgegrenzt, weil Papa in Haiti geboren wurde. Auch wegen meines Nachnamens wurde nie nachgefragt, die Menschen meinten eher, ich käme aus Frankreich, weil mein Akzent am Anfang leicht französisch war.

Ja, es gibt Rassismus, ein ganz klares Ja. Der Rassismus hier besteht in der Unterscheidung zwischen Menschen mit Vermögen und Menschen ohne Vermögen. Da wird hier in New York eine ganz klare Trennungslinie gezogen. Es gibt hier eigentlich auch keine Mittelschicht, die Menschen sind entweder arm oder reich. Es gibt hier ganz wenige Menschen mit einem regelmäßigen Durchschnittseinkommen und festem Wohnsitz so wie du, Nikki, oder eigentlich auch meine Eltern.

Und wieder zu mir: Mein Körper macht das höchstens noch fünf Jahre mit. Ich habe es nicht zur Primaballerina gebracht und werde das auch in der verbleibenden Zeit nicht erreichen. Kein Rudolf Nurejew war je in Sicht, an dessen Seite ich eine ›Primaballerina assoluta‹ wie Margot Fontain hätte werden können, die erst mit 55 Jahren aufhörte zu tanzen. Man muss seine Grenzen erkennen und realistisch bleiben. Nicht jeder Junge kann ein Michael Jordan werden, auch wenn er noch so viel übt.

Dann kann ich vielleicht Unterricht geben, aber hier und in den meisten Bundesstaaten der USA hast du als Lehrerin nur Verträge bis zum Beginn der Sommerferien, dann vielleicht wieder eine Vertragsverlängerung über neun Monate nach den Sommerferien. Natürlich könnte ich putzen gehen oder in einem Laden als Verkäuferin arbeiten oder wegziehen aus meiner teuren Wohnung in Manhattan.

Eigentlich würde ich jetzt auch wieder gerne zurück zu den Eltern gehen nach Stuttgart. Da war irgendwie die Welt für mich noch mehr in Ordnung. Ich könnte auch zu Hanni ziehen, aber diese Welt ist mir wirklich zu ländlich und auch sehr speziell. «

»Guck dich doch in Deutschland um, ob es dir noch gefällt nach so vielen Jahren, ob du dort zurechtkommen würdest. Ich bin sicher, deine Eltern würden sich freuen, und auch bei mir bist du immer herzlich willkommen in Karlsruhe.«

»Das mach ich doch glatt«, sagte Annabelle, und im selben Moment klopfte es laut an der Wohnungstür. Ein Nachbar hatte vom Vorhaben des deutschen Gastes gehört und bestand darauf, Nikki etwas mitzuteilen: »Hej du, Annabelle, ich muss deiner Tante unbedingt etwas erzählen. Ich hab gehört, dass deine Tante über Rassismus schreiben will.« Der junge Mann wurde hereingebeten, nahm Platz und kam sofort zur Sache, ohne Vorrede oder Erklärungen.

Er erzählte: »Mein Vater war in den Sechzigerjahren zwei Jahre in China zur Ausbildung. Er war damals Minister in einem mit China befreundeten Land. Vater lebte in der chinesischen Hauptstadt, wurde aber als ein Affe angesehen, weil er Körperhaare hatte. Mein Vater verstand Chinesisch und bekam mit, wenn Frauen hinter seinem Rücken kicherten und was sie über ihn sagten. Ins Gesicht waren alle sehr nett, auch bei Dinners mit den Parteioberen und mit Mao Tse Dung wurde mein Vater respektvoll behandelt. Aber das ist auch eine Art Rassismus, dass sich die hellhäutigen Asiaten für höherstehende Menschen hielten und behaarte Menschen dem Tierreich zuordneten. Außer Bemerkungen auf Chinesisch wie ›Da kommt der Affe‹ hat mein Vater aber keine Nachteile erfahren. Ich weiß nicht, ob das immer noch so ist. Jedenfalls gibt es nicht nur in den USA Rassismus.«

Nikki war überrascht, das zu hören, und bedankte sich sehr für diesen unerwarteten Beitrag. Als Nikki dann in dem Wartesaal des Flugplatzes in New York auf ihren Flieger zurück nach Karlsruhe wartete, kam es ihr vor, als ob das Thema »Rassismus« sie verfolgte. Neben ihr nahm eine Dame Platz, die sich vorstellte als Monique, perfekt Englisch sprach mit einem eleganten französischen Akzent. Monique erzählte, dass sie mit ihrem Mann in Kalifornien lebte und gerade ihre Mutter in Frankreich besucht habe.

Nikki fragte ganz höflich: »Monique, darf ich Sie fragen, ob Sie Erfahrung mit Rassismus gemacht haben?«

Monique antwortete erregt und begann dabei schneller zu sprechen: »Na, und ob. Mais oui! Ich wurde in Afrika geboren, mein Vater war aus Deutschland und meine Mutter das erste schwarze Model, das in Paris als Model auf der Modeschau von Christian Dior Kleider vorführte. Ich selbst fand eine Arbeit in einem Schmuckgeschäft auf den Antillen, wo ich meinen amerikanischen Mann kennenlernte. Nach unserer Heirat lebten wir in Kalifornien.

Und wie oft musste ich mir anhören: »Geh dort zurück, wo du herkommst.« Wohin zurück? Auf die Antillen? Nach Frankreich? Nach Deutschland? Nach Afrika?

Ich hatte regelrecht Angst, auf die Straße zu gehen. Erst als ich in San Diego einen Arbeitsplatz fand, wo ich lernte, für die Einheit der Menschheit zu arbeiten, erst dann ging mir ein Licht auf, und es ging mir besser. Ich habe eine neue Sichtweise gelernt.«

Nikki wollte Monique weiter befragen nach dem neuen Denken, da wurde ihr Name aufgerufen für den Flieger nach Deutschland. Monique gab ihr noch ihre Visitenkarte.

Als Nikki per E-Mail Monique nach dem neuen Denken fragen wollte und wie Monique für die Einheit der Menschheit arbeitete, stellte sie fest, dass sie Moniques Visitenkarte verloren hatte. Zu gerne hätte Nikki gewusst, ob es der kalifornische Lebensstil oder noch etwas anderes war, was Moniques »neue Sichtweise« verursachte.

Recherchen über Rassismus

Diese Gespräche in Las Vegas und in New York veranlassten Nikki, weiter über Rassismus zu recherchieren. Sie wollte als Nächstes von den Erfahrungen einer Frau hören, die aus Afrika nach Europa kam. Den Kontakt mit dieser Dame, die jetzt in der Schweiz lebt, vermittelte Carla.

Bei einem Wochenendausflug in die Schweiz lernten sich die Damen kennen. Man traf sich am Zürichsee in einem Strandrestaurant. Nikki und Carla hatten schon an einem Fenstertisch Platz genommen, als eine umwerfend schöne schlanke junge dunkelhäutige Frau eintrat und alle Blicke auf sich zog. Das war Leseli.

Leseli nahm Platz. Man tauschte Neuigkeiten aus, aß Kuchen und ging dann am See spazieren. Nikki hatte viele Fragen im Kopf, als sie sich mit Leseli unterhielt. Sie fragte: »Leseli, wie hast du in deinem Leben Rassismus erlebt in Afrika und jetzt in der Schweiz?«

»Oh, da kann ich viel erzählen. Meine Erfahrungen mit Rassismus machte ich in verschiedenen Ländern. Aber fangen wir mit meinem Geburtsland an. Ich wurde 1982 im Königreich Lesotho im südlichen Afrika geboren.

Lesotho war fast hundert Jahre lang bis 1966 ein britisches Protektorat. Danach erlangte es seine Unabhängigkeit wieder. Lesotho ist von Südafrika umgeben – einem Land, das für sein Apartheid-Regime bekannt ist. Apartheid ist ein Begriff aus dem Afrikaans und bedeutet Absonderung beziehungsweise Rassentrennung. Dies führte zu Gesetzen, die sicherstellten, dass die weiße Minderheit den Rest der Bevölkerung in sozialer, politischer und wirtschaftlicher Hinsicht dominierte.«

»Und wie zeigte sich diese Absonderung im Alltag der Menschen?«, wollte Nikki wissen.

»Ich wuchs in einem Umfeld auf, in dem den Weißen ein gewisser Respekt entgegengebracht wurde, egal ob sie Europäer oder Afrikaner aus Südafrika waren. Die meisten Weißen waren zu meiner Zeit entweder Priester, Lehrer, Nonnen oder Beamte in hohen Positionen. Sie betrachteten die Afrikaner als Minderwertige, denen es an der Fähigkeit zu lernen oder rational zu denken mangelte. Auch diejenigen, die nicht offen rassistisch waren, betrachteten ihre schwarzen Kollegen nicht als gleichberechtigt. Die Beziehung war in den meisten Fällen ein Herr-Knecht-Verhältnis.«

»Wie hast du als Kind in deinem Leben diese Minderwertigkeit erlebt?«

»Ich besuchte eine katholische Schule, in der gelehrt wurde, dass alles Schlechte schwarz ist und weiß für das Gute steht. Es gab religiöse Bücher, in denen Engel weiß, Dämonen und der Teufel schwarz dargestellt wurden. Mir wurde beigebracht, dass Schwarz dumm und hässlich ist. Ich hatte als Kind den Wunsch, eine andere Hautfarbe zu haben, weil ich nicht schlecht, dumm oder hässlich sein wollte. Wenn ich einen Laden betrat, wurde ich sofort von einer weißen Frau oder einem weißen Mann begleitet, weil sie vermuteten, dass ich etwas stehlen wollte.«

»Leseli, ich dachte immer, dass diese Art, die Menschen zu behandeln, mit dem Ende des Kolonialismus aufgehört hat.«

»Leider nein, Nikki. Ich erinnere mich, dass meine Großmutter, die in Südafrika lebte, uns schreckliche Geschichten über ihre Erfahrungen mit der weißen Bevölkerung erzählte, einschließlich der Polizei. Die Polizei ging brutal vor, wenn man ohne einen ›Pass‹ in Wohnbezirken angetroffen wurde, die nur der weißen Bevölkerung vorbehalten waren. Meine Großmutter arbeitete als Kindermädchen für eine weiße Familie und musste immer einen Passierschein bei sich haben, wenn sie zu ihrer Arbeitsstelle ging oder sie verließ.«

»Leseli, wie gingst du mit dieser Benachteiligung um?«

»Obwohl ich schon damals der Meinung war, dass alle Menschen gleich sein sollten, beeinflusste mich das Umfeld, in dem ich aufwuchs, wie ich mich selbst sah und wie ich mit weißen Menschen umging, die zu Freunden, Kollegen, Arbeitgebern und später zur Familie wurden. Ich entwickelte das Bedürfnis, mehr zu wissen, intellektuell stärker zu sein und klüger zu klingen – denn nur so hatte ich das Gefühl, als gleichwertig angesehen zu werden. Dieses Streben, besser zu sein, war immer mit einem gewissen Minderwertigkeitsgefühl verbunden.«

»Erzähl mir doch noch mehr Details, wenn es nicht zu schmerzhaft für dich ist, dich daran zu erinnern.«

»Als ich mein Jurastudium abschloss, bekam ich sofort eine Stelle in einer Anwaltskanzlei in Bloemfontein, Südafrika, um meine schriftliche Arbeit für die Zulassung als Rechtsanwältin anzufertigen. Mein unmittelbarer Vorgesetzter war ein weißer Afrikaner. Er schien die Tatsache zu verabscheuen, dass ich nicht nur schwarz, sondern auch weiblich und gebildet war.

Er machte mir das Leben so schwer, dass ich zeitweise am liebsten gekündigt hätte. Ich war jedoch überzeugt, dass ich meiner Großmutter und ihren Vorgängern eine gewisse Entschlossenheit schuldete, um zu zeigen, dass wir alle gleich sind, dass keine Rasse besser ist als die andere, dass niemand nur aufgrund seiner Hautfarbe »weniger« ist.

Ich möchte aber auch anmerken, dass es andere Kollegen gab, die freundlich und höflich waren und alle gleich behandelten. Jedem weißen Verkäufer, der mir bis in jede Ecke seines Ladens folgte, stand ein freundlicher weißer Verkäufer gegenüber, der mich einfach als Kundin betrachtete. Das hat mir gezeigt, dass Menschen eine bewusste Entscheidung treffen, rassistisch zu sein.«

»Das ist eine wichtige Erkenntnis, dass Rassismus eine bewusste Entscheidung des Einzelnen ist. Wie war es dann, als du deinen Mann kennenlerntest?«

»Als ich schließlich meinen Mann kennenlernte, der aus Deutschland stammt, herrschte unter den Gleichaltrigen in Lesotho das Gefühl der Anerkennung, weil ich durch die Heirat mit einem Weißen einen bestimmten Status erreicht hatte. Es gab aber auch einen anderen Teil, der es mir übel nahm, dass ich mich mit dem »Feind« verbrüderte.

Bis heute sind wir mit diesen Einstellungen konfrontiert, ob wir nun in Südafrika oder in Lesotho sind, ob wir durch den Flughafen gehen oder in einem Restaurant essen, wir werden immer angestarrt. Das kann von Respekt bis hin zu offener Feindseligkeit reichen. Überraschenderweise ist die Feindseligkeit, die wir bisher erlebt haben, von beiden Rassen ausgegangen. Von den Weißen, die denken, dass mein Mann unter seiner Würde geheiratet hat, und von Schwarzen aufgrund ihrer Vorstellung, dass ich eine Verräterin bin. So oder so – eine extreme Situation in Afrika für uns.«

»Hattest du bessere Erfahrungen, als du zu deinem Mann in die Schweiz umzogst?«

»Als ich in die Schweiz umzog, lebten wir zuerst in einem kleinen Dorf im Kanton Bern. Das war ein weiterer Ort, an dem ich die unangenehmen Früchte des Rassismus zu spüren bekam. So weigerten sich Menschen in öffentlichen Verkehrsmitteln, neben mir zu sitzen, obwohl der einzige freie Sitzplatz neben mir war. Leute sprachen über mich und zeigten in meiner Gegenwart mit dem Finger auf mich. Einmal wurde ich sogar von alten Männern, die in einer Bar in der Nähe unserer Wohnung Bier tranken, so angepöbelt, dass ich mich tagelang nicht mehr traute, die Wohnung zu verlassen, um Lebensmittel einzukaufen, weil ich befürchtete, zum Gespött der Leute zu werden.

Das war in der Tat der Tiefpunkt in meinem Leben, denn als Menschenrechtsanwältin war ich es gewohnt, anderen von ihren Rechten zu erzählen und ihnen zu zeigen, wie sie sich gegen Unterdrückung zur Wehr setzen sollten. Ich musste tief in mich gehen und mich daran erinnern, woher ich komme und wie ich mein Leben an dem Ort, den ich als meine Heimat gewählt habe, gestalten möchte.«

»Ich dachte immer, die Schweizer seien so tolerant und gewöhnt, Menschen aus verschiedenen Ländern um sich zu haben.«

»Das hängt auch davon ab, ob du in einem Gebirgsdorf lebst oder in einer Großstadt. Ich hatte jedenfalls von da an beim Kennenlernen neuer Menschen Vorbehalte, die sich an allen weiteren Orten, wo wir in der Schweiz gelebt haben, immer wieder als unnötig erwiesen. Ich hatte das Vergnügen, überall in Europa die nettesten, freundlichsten und hilfsbereitesten Menschen zu treffen, vom Baby bis zur älteren Generation.«

»Oh, das freut mich aber zu hören.«

»Ich musste mich mit der Tatsache auseinandersetzen, dass meine Sicht der Menschen um mich herum bis zu einem gewissen Grad von meinen früheren Erfahrungen als Kind, das während der Apartheid aufgewachsen war, geprägt ist.

Ich habe jetzt gelernt, mich davor zu hüten, jede Erfahrung durch die Brille der Frage ›Passiert mir das, weil ich schwarz bin?‹ zu betrachten.

Abschließend möchte ich sagen, dass es eine dritte Gruppe gibt, die immer sichtbarer wird, eine Gruppe, die erkennt, dass die Menschheit sich vereinen muss, dass wir alle Mitglieder einer Familie sind – der menschlichen Familie. Eine Gruppe, die sich dafür entscheidet, den Einzelnen so zu sehen, wie er ist, und ihn nicht durch seine Hautfarbe definiert.

Ich glaube jedoch, dass es ebenso wichtig ist, die Existenz von Rassismus anzuerkennen. Ich habe viele europäische Freunde, die nicht glauben, dass bestimmte negative Verhaltensweisen rassistisch motiviert sind. Das ist nachteilig und schädlich für diejenigen, die Rassismus erleben, vor allem wenn der Rassismus institutionalisiert ist. Es ist wichtig zu erkennen, dass Rassismus nicht immer offenkundig ist.

Daher müssen wir anerkennen, dass wir alle Mitglieder einer menschlichen Rasse sind, die sich zwar in Farbe, Größe und Form unterscheiden, aber dennoch eins sind. Wir müssen diese Vielfalt als eine Quelle der Schönheit sehen, die es zu feiern gilt, und dürfen sie nicht als Waffe gegen andere einsetzen, die nicht genau unsere Farbe, Form und Größe haben.«

»Leseli, ich bin begeistert von deiner Einstellung. Ich habe viel gelernt und werde auch meine eigene Sichtweise noch präzisieren. Jedenfalls mache ich mich jetzt daran, einen Artikel über Rassismus zu schreiben.«

Folgender Artikel ging an mehrere renommierte Zeitungen:

Rassismus? Es gibt ihn noch!

(NF) Um das Ergebnis vorwegzunehmen: Wenn es keine Vorurteile mehr gäbe, würden wir in einer besseren Welt leben. Rassismus entsteht aus Vorurteilen und ist das Resultat von sowohl unreflektiertem Denken als auch von einer bewussten Entscheidung dazu. In dieser Recherche erfolgt der Versuch, einige rassistische Phänomene zu beleuchten. Der angestrebte Sollzustand muss sein, das Verschwinden des Rassismus zu verwirklichen.

Das Wort »Rasse« wird im deutschen Sprachraum nicht mehr gern benutzt. Es ist im gesellschaftlichen Diskurs unbrauchbar geworden, weil der Begriff in der Zeit des Nationalsozialismus und davor zu immer noch unvorstellbarem, nie da gewesenem Unheil führte. Heutzutage sind die meisten Menschen gegen Rassismus. Wie man ihn aber loswird, darüber streitet sich die Denkerelite noch in vielen Ländern.

In der Vergangenheit diente der europäische Rassismus hauptsächlich dazu, die kolonialen Eroberungen in Übersee als gute Taten darzustellen. Die Eroberungen der Großmächte im 19. Jahrhundert in Afrika und auf anderen Kontinenten brauchten eine Begründung. Deshalb wurden im Zeitalter des Imperialismus Theorien verbreitet, welche Hautfarben mit bestimmten Eigenschaften, etwa Bildungsfähigkeit, dem Charakter und moralischem Verhalten gleichsetzten.

Westeuropa ist seit tausend Jahren multiethnisch und hat durchaus das Potenzial, ein moderner Schmelztiegel zu werden, sofern die Ankommenden die Verfassungen ihrer neuen Heimatländer respektieren. Eine krasse Ausnahme in der Geschichte des europäischen Rassismus war der Nationalsozialismus und die Ausgrenzung der Juden seit mehr als einem Jahrtausend.

Junge Europäer sind sich nicht immer bewusst, dass die vergangenen sechzig Jahre in Westeuropa eine Zeit fast ohne ethnisch motivierte Gewalt waren. Die Kriege mit ethnischer oder religiöser Schlagseite fanden anderswo statt, auf dem Balkan, in Indien, Südostasien, im Nahen Osten und in Afrika.

In Frankreich forscht man nicht mehr über die Unterschiede von Menschen verschiedener Herkunft oder Hautfarbe und führt auch keine Statistiken darüber. Wer in Frankreich lebt, ist Franzose mit gleichen Pflichten und Rechten. Aus offizieller politischer Sicht fördern »Racial Studies« die Aufsplitterung der Gesellschaft.

In den USA hingegen wird der Begriff »Race« vom United States Census Bureau und dem Office of Management and Budget der Bundesregierung bei Befragungen zur Volkszählung offiziell verwendet. Er wird hier in der Regel nicht mehr als biologischer Begriff wahrgenommen, sondern die zugrundeliegende kulturelle Komponente wird seit den Sechzigerjahren im wissenschaftlichen Diskurs mitgedacht.

Der amerikanische Rassismus diente dem Kleinhalten der Urbewohner und der Sklaven zur Begrenzung der Einwanderung. Die meisten Siedler betrachteten die indigenen Völker Nordamerikas nicht als vollwertige Menschen. So hatte man einen Grund, sie in Reservate abzuschieben. Die seit 1865 befreiten schwarzen Sklaven, fast alle Analphabeten, welche aus Plantagen im Süden in städtische Armensiedlungen umzogen, wurden durch Gesetze daran erinnert, vollwertige Amerikaner zu sein.

Fünf Generationen lang lebten Schwarze in einer Art Apartheid mit getrennten Schulen, dem Verbot der Rassenmischung, einem voreingenommenen Justizsystem und bis 1964 ohne Wahlrecht. Die geballte Frustration der heutigen Afroamerikaner hat viel mit dieser Segregation zu tun. Auch der Chinese Exclusion Act verwehrte asiatischen Einwanderern die bürgerlichen Rechte bis 1952.

Nach der Wahl von John F. Kennedy machte die Demokratische Partei, welche in den Südstaaten lange für die Beibehaltung der Sklaverei und danach für die Rassentrennung stand, eine Kehrtwende. Die Civil Rights Acts von 1964 und 1968 stellten alle »Rassen« zumindest auf Papier der weißen Mehrheit gleich. Weil nun alle Minderheiten wählen konnten, wurden die »Hispanics«, die »Blacks« und die »Asians« für Wahlkämpfe interessant.

Seitdem studieren Soziologen, Politologen, Psychologen deren Wahlverhalten und setzen soziale Probleme, Armut, Schulversagen, Kriminalität als Argumente gegen die knausrigen Republikaner ein. Ungewollt wird damit fortgesetzt, was man beseitigen wollte: das Denken in »Rassen«. Was auch manche Karriere beflügelt hat: Barack Obama, Sohn einer europäischen Mutter und eines Studenten aus Kenya, wurde zum ersten schwarzen Präsidenten.

Trotz Vorzeigepersonen wie Sportler, Rapper und TV-Stars gibt es immer noch eine verwahrloste Unterschicht, die mehrheitlich schwarz oder »of color« ist. Sie wird in Schach gehalten durch Polizeikorps, für deren Inkompetenz und Brutalität offenbar nie ein Gouverneur geradestehen muss.

In den USA gibt es kaum ein Thema, über das so intensiv geforscht, publiziert und gestritten wird wie »race«.

Race ist aber ein Begriff aus der Nutztierzucht, der fast nur noch im amerikanischen Englisch auf Menschen angewandt wird. Amerikanische Schulbücher ignorieren, dass es biologisch betrachtet keine »Rassen« gibt. Nichts belegt, dass Hautfarbe und Gesichtsformen irgendetwas mit Intelligenz, Machtstreben oder Sprachtalent zu tun haben. Ob wir aussehen wie Einstein, Mao oder Kofi Annan, ist ererbt; die Persönlichkeit wird vom Umfeld geformt. In der Kindererziehung, im Schulunterricht, bei der Personalrekrutierung kann umgeformt werden in Gemeinschaftssinn. Die Distanz zum Fremden, die es in allen Kulturen gibt, kann mit beharrlicher Aufmerksamkeit ausgegrenzt und beseitigt werden.

Zurück nach Europa: Es gibt in der oft humorlosen und dramatischen Diskussion um Rassismus auch Lichtblicke:

Gemischte Paare sind in Europa normal geworden. Verheiratete unterschiedlicher Herkunft bemerken schon nach kurzer Zeit die andersfarbige Haut ihres Gegenübers nicht mehr. Eltern mit Adoptivkindern aus Asien oder Afrika nehmen diese schnell als ihre eigenen wahr. Viele Beispiele zeigen, dass Andersfarbige bereits in der zweiten Generation Universität und Karriere meistern können.

Nach Karlsruhe zurückgekehrt, nahm niemand es Nikki an ihrer Arbeitsstelle übel, dass sie keinen Interviewtermin mit der First Lady in Washington bekommen hatte, und es somit auch keine Fotos und keine Geschenkübergabe mit Berichterstattung gab. Nikki erzählte von den protokollarischen Schwierigkeiten und bekam als Reaktion ein verständnisvolles Lächeln der Kollegen und Vorgesetzten.

Das Foto mit dem amerikanischen Auto im badischen Gelb vor dem Weißen Haus in Washington fanden alle sehr witzig. Die Fotografie wurde vergrößert und in der Eingangshalle von Nikkis Arbeitsstelle aufgehängt.

Der Bericht über Rassismus wurde in einigen Tageszeitungen in Deutschland und der Schweiz veröffentlicht. Der Oberbürgermeister nahm auch davon Kenntnis und bezeichnete die Veröffentlichung zum Thema Rassismus als einen weiteren Beweis für die Offenheit und Vorbildfunktion der Region am Grenzfluss Rhein.

Annabelle flog kurz nach dem Besuch von Tante Nikki in New York nach Stuttgart. Monica und Bertram zeigten der Tochter die Veränderungen in ihrer alten Heimat und ließen Annabelle allein erkunden, was sie interessierte. Annabelle fuhr natürlich auch nach Karlsruhe und war sehr positiv beeindruckt. Sie entschloss sich in der Tat zum Umzug in das Haus der Tante in Karlsruhe, wenn das Tanzen beim Ballett in New York nicht mehr möglich war. Annabelle meinte, viel Platz in Nikkis Haus zu haben im Vergleich zu dem Hühnerstall in New York.

Nikki hatte nach der Zeit in den USA und ihren Recherchen über Rassismus das große Bedürfnis, in sich zu gehen und ihre geistige Welt neu zu ordnen. Ihr kam das Wort »meditieren« in den Sinn. Sie wollte aber in jedem Fall selbstständig und unbeeinflusst herausfinden, was ihr in ihrem Leben fehlte.

Ihr kam der Gedanke, dass ein Kloster der ideale Rückzugsort von der materiellen Welt sein könnte, und fragte telefonisch in einem Kloster in Österreich für eine sogenannte Auszeit an, eine Zeit der Ruhe, um abzuschalten, um in Ruhe lesen und nachdenken zu können. Sie griff zum Telefon und wurde mit einem Pater Jakobus verbunden.

Sie stellte sich vor und fragte, ob das Stift Lilienfeld mit der großen Bibliothek der richtige Ort sei, in der Bibliothek zu lesen, in Stille nachzudenken und in absoluter Ruhe zu neuen Erkenntnissen zu kommen. Nikki wollte dann wissen:

»Pater Jakobus, kann ich als Frau bei den Fratres im Stift Lilienfeld mich überhaupt einige Zeit lang aufhalten?«

»Ja klar, solange deine Anwesenheit uns nicht in unserem Tagesablauf ablenkt. Du kannst mich Bruder Jakobus nennen und du zu mir sagen, auch am Telefon.

Wir Zisterzienser von Lilienfeld bilden eine Gemeinschaft von Brüdern, die sich zum Ziel gesetzt haben, gemäß dem Grundsatz ›Ora et labora‹ (bete und arbeite) unser Leben zu gestalten. Du kannst hier selbstständig und allein suchen, lesen, studieren und nachdenken, aber auch Fragen stellen. Die Bibliothek umfasst 40.000 Bände.

Wir möchten hier suchenden Menschen einen spirituellen Raum anbieten. So gibt es hier auch keinen Fernseher und keine Berieselung durch Medien. Dir geht es um Stille, darum, Luft zu holen, dich zurückzuziehen«, sagte Bruder Jakobus.»Du kommst wegen der religiösen Atmosphäre und um dich inspirieren zu lassen. Das findest du bei uns. Nach deiner Ankunft werde ich dir den Tagesablauf erklären.«

»Pater Jakobus, kann ich auch kommen, wenn ich nicht richtig religiös bin, keine Beziehung zu Gott habe und keiner Religion angehöre?«

»Natürlich bist du bei uns willkommen, auch wenn du eine Atheistin bist, nur unseren Tagesablauf solltest du nicht durcheinanderbringen.«

Voller Erwartung fuhr Nikki nach dem Telefonat nach Österreich. Sie hätte sich auch in eins der Klöster am Rhein und am Neckar zurückziehen können, aber sie wollte auch räumliche Distanz zu ihrem Heimatort haben, keine Bekannten treffen, einen anderen Dialekt hören.

Und jetzt ins Kloster

Nikki wurde in Lilienfeld herzlich, wie eine alte Bekannte, von Bruder Jakobus begrüßt. Er zeigte ihr den Weg zu einem einfach gestalteten Zimmer mit Bett, Schrank und Dusche. Am anderen Morgen wurde sie um 7.15 Uhr zum Frühstück im Speisesaal erwartet.

Nach einem erholsamen Schlaf wurden Nikkis Gedanken beim Wandeln in den Kreuzgängen am frühen Morgen förmlich nach oben gezogen. Sie lauschte den gregorianischen Gesängen in der Ferne und spürte, wie erhebend ein gesungenes Gebet ist, ein ganz besonders Gefühl, das einen hinzieht zu einer erhabenen Transzendenz.

Beim Frühstücken stellte sich Bruder Nikodemus vor, um Nikki anschließend mit der Bibliothek vertraut zu machen. Nikkis spontane Reaktion war:

»Was? Das kann kein Zufall mehr sein! Ich heiße Nikola, aber alle nennen mich immer noch Nikki.«

Bruder Nikodemos meinte: »Das griechische Wort Nikodemos bedeutet sinngemäß: Sieger in der Volksversammlung, aber ich ziehe es vor, meinen Namen umzudeuten, dass ich kein Sieger des Volkes, sondern ein Diener der Menschen sein möchte, jemand, der durch Dienen siegt.«

Nikki entgegnete: »Das ist eine sehr schöne Deutung unserer Namen. Ich dachte auch immer bis jetzt, dass ich eine Siegerin sein soll wie Göttin Nike, aber dein Namensverständnis gefällt mir viel besser.«

»Lass uns doch in den Besprechungsraum gehen«, schlug Bruder Nikodemus vor, »dort können wir in Ruhe deine Anliegen besprechen.«

Aus Nikki sprudelte es förmlich heraus: »Pater, ich möchte meditieren lernen, aber richtig.«

»Also Nikki, wenn uns niemand zuhört, kannst du mich Nikodemus nennen oder auch Nikolai. Jetzt aber im Ernst, mit Meditieren ist ein tiefes Nachsinnen oder Nachdenken über den Sinn den Lebens gemeint, über das Eigentliche des Lebens, was uns eine tiefere Lebensfreude und Weisheit bringt, gepaart mit der Bereitschaft zum Dienst an der Menschheit. Das ist die ursprüngliche Bedeutung des lateinischen Verbes ›meditari‹, an etwas denken, über etwas nachdenken, über etwas nachsinnen.

Ich empfehle dir, du wendest dich als Erstes in einem Gebet an Gott, wendest Ihm deine Gedanken zu. Dann liest du in den Heiligen Schriften, denkst vertieft nach über das Gelesene, also du meditierst jetzt. Dann handelst du entsprechend deiner Erkenntnis beim Nachdenken. Dein Handeln zeigt dir dann das Ergebnis deines Nachdenkens, ist die Antwort darauf. Wie wir handeln, zeigt, wer wir wirklich sind, was uns wichtig ist und wie wir über andere denken.

Alle Vorschläge aus anderen Kulturen zum Meditieren sind nützlich, wie auf den Atem achten oder eine ruhige Sitzposition einnehmen und weltliche Gedanken abschalten, wie »Welches Kleid trage ich heute?« Aber Meditation im eigentlichen Sinn ist vertieftes Nachdenken, was du hier in unserer Abgeschiedenheit gut praktizieren kannst.«

»Nikolai, das werde ich so machen, wie du mir geraten hast. Ich habe aber noch eine Frage, die ich mich noch nicht getraut habe zu fragen bis jetzt. Wer ist Gott? Ich leugne ihn nicht ab, aber ich habe keine Vorstellung davon, wer Gott genau ist. Ich wünsche mir nur eine erneuerte Beziehung zu unserem Schöpfer.«

»Nikki, Gott ist unerkennbar, eine andere Dimension. Wir Menschen und die gesamte Schöpfung sind von Gott, dem Schöpfer, erschaffen, werden aber nie dieselbe Stufe einnehmen und Ihn nie erkennen können. Oder denk so, Nikki, ein Auto kann auch seinen Entwickler nicht erkennen und verstehen. Der Entwickler versteht aber sehr wohl, ein Auto zu entwerfen, und vor allem kann er das Auto verbessern und es dem Bedarf der Zeit anpassen.«

»Oh, das macht Sinn, Nikolai. Sprich bitte weiter.«

»Deshalb haben wir auch einen Fortschritt in den Religionen, haben aufeinander folgende Religionen, immer mit zwei verschiedenen Botschaften. Zum einen Aussagen über die unvorstellbare und transzendentale Gottheit, und zum anderen Anweisungen für die Gläubigen entsprechend den Nöten und Bedürfnissen ihrer Zeit. Das nennt man fortschreitende Gottesoffenbarung. Aber lass uns doch mal in die Bibliothek gehen.«

Nikki war überwältigt:»Ich habe noch nie so viele Bücher auf einmal gesehen. Ist das alles über Religion? Das ist ja eine grandiose Bibliothek mit allen Schätzen dieser Welt!«

»Nikki, auch wenn du eine Schnellleserin bist, Latein, Griechisch und Hebräisch kannst, du wirst Jahre brauchen, alle Bücher zu lesen. Darf ich dir einen Rat geben?«

»Na klar, Nikolai.«

»Du kennst den Begriff Primär- und Sekundärliteratur. Ich meine damit zum einen Bücher oder Offenbarungen von den Religionsstiftern und zum anderen Bücher über Religionen oder über religiöse Themen.

Ich möchte dir raten, dich der Primärliteratur zuzuwenden. Ich zeige dir, wo die Bücher stehen. Dann suchst du nach den für die heutige Zeit maßgebenden und richtungsweisenden Schriften. Du machst dich auf deine eigene Suche und studierst die aktuellste Offenbarung für die Menschheit, betreffend die Einheit der Menschheit und Einheit der Religionen.

Die Religion für die heutige Zeit muss die Ursache für Einheit, Harmonie und Übereinstimmung unter uns Menschen sein. Schau, dass du folgende Prinzipien findest: Das Ablegen von Vorurteilen jeglicher Art, die Gleichwertigkeit von Mann und Frau, die Abschaffung der Extreme von

Reichtum und Armut, ferner Harmonie zwischen Religion und Wissenschaft.

Jetzt, Nikki, mach dich auf deine selbstständige Suche nach Wahrheit, das wird ein großes geistiges Abenteuer werden, fast wie eine Safari. Ich hab dir nur die Richtung gezeigt.«

Nikki konnte es nun gar nicht abwarten, zu lesen, zu studieren, nachzudenken, die Gebetszeiten einzuhalten und auch das leckere Essen zu genießen.

Bei einem Mittagessen fragte Nikki Bruder Jakobus: »Warum schmeckt mir alles so gut bei euch?«

»Nikki, das ist ganz einfach. Alles kommt frisch aus unseren Klostergärten direkt auf den Tisch. Wusstest du, dass früher viele Mädchen ins Kloster geschickt wurden vor der Heirat, um gut kochen zu lernen?

Das Kloster war also nicht nur ein Ort, an dem man seine Religion vollkommen ausleben konnte, sondern auch ein Ort des Studiums, der Frauen einen Zugang zu Wissen ermöglichte in der Vergangenheit. Nicht nur das Wissen um gute Haushaltsführung.«

Natürlich wusste Nikki das nicht, weil sie sich nie mit solchen Fragen beschäftigt hatte. Sie bat Bruder Nikodemus noch einmal in den Besprechungsraum. Sie teilte ihm mit, dass sie sehr gut in ihrem Studium der heiligen Schriften vorankomme, aber wieder eine konkrete Frage habe:

»Nikolai, mein Bruder, wer bin ich, und was ist meine Seele?«

»Nikki, deine unsterbliche Seele ist ein Spiegelbild der göttlichen Eigenschaften, die du in deinem Leben erworben hast.«

»Oh, Nikolai, wie können wir das Wesen der Seele beschreiben? Wie stehen Seele und Körper zueinander in Verbindung?«

»Die Seele ist ein Spiegelbild der Eigenschaften Gottes und damit ein Ausdruck der Existenz Gottes. Deshalb sind die vielen Attribute unserer Seele, wie Liebe, Geduld und Vergebung sogenannte göttliche Eigenschaften. Wenn wir die Existenz der Seele betrachten, beginnen wir zu erkennen, dass wir das Leben als Entwicklungsmöglichkeit sehen können, wenn wir diese materielle Ebene durchlaufen. Wir verstehen, dass diese Welt nur eine von vielen ist, und dass die Seele diejenige Form ist, durch welche das Leben weitergeht, nachdem unser materieller Körper entschwindet.

Die Seele hat ihren Ursprung in den geistigen Welten Gottes. Sie ist erhaben über die Materie und die physische Welt. Seele und Körper stehen in einem besonderen Verhältnis zueinander. Die Beziehung der Seele zum Körper ist ähnlich wie jene des Lichts der Sonne zu einem Spiegel, welcher das Sonnenlicht reflektiert. Das Licht, welches im Spiegel erscheint, ist kein Bestandteil des Spiegels. Es kommt von einer Quelle außerhalb. Ebenso ist die Seele nicht im Körper. Es besteht eine besondere Beziehung zwischen der Seele und dem Körper, und zusammen bilden sie den Menschen.«

»Nikolai, du bist wie ein alter ego für mich, nur ein paar Jahre älter und weiser. Verstehe ich dich richtig, selbst wenn wir sterben, sind wir nicht getrennt, werden unsre Seelen sich wieder begegnen?«

»Tja, das glaube ich zumindest. Darf ich dir unsren jungen Bruder Laurentius vorstellen? Er liebt Rumi und du kannst ihm auch ganz schwierige Fragen stellen.«

»Bruder Laurentius, warum gibt es Kriege, obwohl die Menschen göttliche Führung haben? Guck mal auf die Karte, wo wir zurzeit, jetzt im Jahr 2011, überall Konflikte haben! Und außerdem, die meisten Kriege wurden doch im Namen der Religion geführt! Das ist entsetzlich. Warum haben Religionen Unfrieden und Krieg verursacht?«

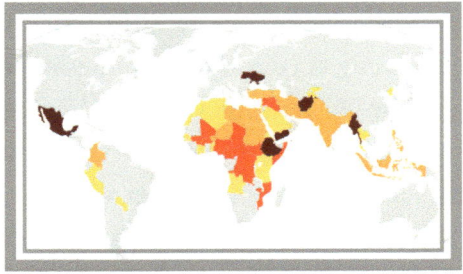

Landkarte mit weltweiten Konflikten im Jahr 2011

»Nikki, der Mensch ist frei erschaffen. Wenn der Mensch sich gegen ethische beziehungsweise göttliche Prinzipien entscheidet, sinkt er noch unter die Stufe eines Tieres, wird der Mensch noch aggressiver als ein Tier, macht Dinge, die ein Tier nie machen würde, um zu überleben. Deshalb wird der Mensch diese niedrige Stufe überwinden müssen, wenn er in Frieden leben will. Es gab und gibt leider immer noch Staatsmänner und Anführer, die Krieg führen als eine religiöse Handlung beschreiben und den Kämpfern Belohnungen im Jenseits versprechen. Das ist natürlich eine bodenlose Ignoranz, heilige Schriften so umzudeuten. Krieg führen im Namen Gottes hat nichts mit Religion zu tun. Das ist ein klarer Missbrauch von Religion. Die Menschen können leider alles missbrauchen, auch Religion kann von sogenannten Religionsführern missbraucht werden zur Manipulation von Menschen. Oder in anderen Worten, der Hirte führt seine Schafe in die falsche Richtung.«

»Oh, Bruder Laurentius, das leuchtet ein.«

»Auf den sogenannten ›Wandel durch Handel‹ können wir uns nicht verlassen. Wir Menschen müssen in Zukunft Unterschiede überwinden, unsere Sichtweisen harmonisieren und die Beratung bei der Entscheidungsfindung fördern. Einstellungen wie Vertrauenswürdigkeit, Zusammenarbeit und Nachsicht werden als Grundbausteine einer stabilen gesellschaftlichen Ordnung bezeichnet werden. Rationalität und Wissenschaft werden unerlässlich sein für den menschlichen Fortschritt.«

Laurentius fuhr sehr ernsthaft fort: »Die globalen Herausforderungen werden für die Menschheit noch ein ernsthafter Test sein, ob sie breit ist, kurzfristiges Eigeninteresse beiseitezulegen und sich ihrer moralischen und spirituellen Realität zuzuwenden, zu sehen, dass wir nur eine, untereinander verbundene Familie sind, die eine gemeinsame Heimat Erde miteinander teilen. Doch solange die Menschheit nicht als Ganzes ihre Angelegenheiten auf die Grundlagen von Gerechtigkeit und Wahrhaftigkeit stellt, ist sie bedauerlicherweise dazu verdammt, von einer Krise in die nächste zu taumeln.«

Jetzt war es Bruder Nikodemus, der Nikki ins Besprechungszimmer bat. Er war auch sehr nachdenklich geworden und sagte zu Nikki:

»Jetzt, wo du so viel bei uns gelernt hast, meine liebe Schwester Nikki, brauchst du kein Kloster mehr, du kannst alles Gelernte immer und überall in dein Leben einbauen, wichtig ist nur, es zu tun. Heute braucht man eigentlich keine Klöster mehr, kann man auch bei sich zu Hause oder an einem ruhigen Ort in sich gehen, wenn man Geistigkeit bewusst angehen möchte. Meditieren, nachdenken, suchen kannst du überall. Außerdem empfehle ich dir, einmal im Jahr zu fasten, aber religiöses Fasten, um deine Zeit und Energie auf Beten und Meditieren zu fokussieren. Es wird dir außerhalb des Klosters helfen, auf einen regelmäßigen Rhythmus von Gebet, Lesen, Meditation und Handeln zu achten, und dich nicht von dem Alltag zu sehr ablenken zu lassen.

Pilgern, das empfehle ich dir noch. Hier bei uns machten oft die Pilger Station, die nach Rom wollten. Aber heutzutage, geh nach Israel, geh nach Jerusalem und nach Haifa, da hast du die wichtigsten heiligen Stätten von vier Weltreligionen auf einem Fleck: das Judentum, das Christentum, den Islam und die Bahá'í-Religion.«

Nikki bedankte sich auch für diese Anregung und machte sich mit einer klaren neuen Sichtweise auf den Heimweg. Sie zog es dann vor, mit 60 Jahren bei ihrer Karlsruher Firma mit der Arbeit aufzuhören und in Rente zugehen. Sie wollte alles langsamer angehen lassen und verkaufte auch die Apotheke.

Sie verbrachte viel Zeit mit Monica und Bertram. Ihr Schwager teilte Nikki freudig mit, dass er seine geistige Heimat gefunden habe und in Frieden mit sich selbst und Monica lebe. Er erklärte seiner Schwägerin, dass man besonders in Stuttgart die Zeichen einer neuen Zeit spüren könne und nahm Nikki mit an einige Orte der Ruhe und Besinnung, wie die Villa Wagenburg in Stuttgart oder den Kurpark in Bad Mergentheim.

Nikki verstand allmählich, warum eine Weiterentwicklung in den Religionen genauso erfolgt wie die Weiterentwicklung von Autos. Sie akzeptierte diese Wahrheit, die auch auf geistiger Einheit der Religionen und der Menschheit basiert, welche man sofort bei Monica und Bertram spürte.

Annabelle zog dann 2015 bei Tante Nikki ein und fand eine Möglichkeit, Sport und Englisch in Karlsruhe zu unterrichten. Sie hatte auch Kontakt aufgenommen zu der John Cranko Schule in Stuttgart, wo sie eine Aufgabe als Gastpädagogin in Aussicht hatte. Nikki plante nun, mit Annabelle auf die Pilgerreise zu gehen, so wie ihr von Bruder Nikodemus vorgeschlagen worden war. Aber für die Reise fehlte ihr plötzlich die Kraft. Sie musste sich in ärztliche Behandlung begeben. Die Untersuchungsergebnisse zeigten, dass Nikki sich langwierigen Behandlungen unterziehen musste, unter andrem auch einer Chemotherapie.

Willkommen und Abschied

Carla und Castadarrow hatten in der Zwischenzeit geheiratet und zogen 2016 von Kalifornien nach Deutschland zurück ins badische Dreiländereck.

Nikki erfuhr von Carlas Heirat und wusste, dass Carla mit ihrem Mann ein paar Jahre lang in Kalifornien gelebt hatte. Carla hatte es ihrer Freundin per E-Mail mitgeteilt, aber keine Fotos geschickt. Nikki gratulierte per E-Mail. Nach Carlas Rückkehr war es ganz klar, dass die beiden Freundinnen sich treffen wollten. Es kam 2016 zu einem Wiedersehen im badischen Dreiländereck. Nikki fuhr von Karlsruhe aus mit dem Zug bis nach Breisach am Rhein, wo Carla und Castadarrow am Bahnhof auf Nikki warteten mit einem geliehenen Haifischauto in Erinnerung an alte Zeiten.

Nikki war so glücklich und voller Erwartung, die alte Freundschaft zu erneuern. Es verschlug ihr die Sprache, als sie aus dem Zug ausstieg und Carla ihren Ehemann vorstellte: »Das ist doch der, den ich in Las Vergas interviewt habe.«

Castadarrow fragte gleich zurück: »Und hast du dir Gedanken gemacht, wie du die Beziehung zu unserem Schöpfer erneuern kannst? Ich darf doch dich jetzt duzen, nicht wahr?«, wollte Castadarrow gleich von Nikki wissen.

»Ja klar, ich habe mir einige Gedanken gemacht«, stotterte Nikki, sichtlich überrascht und aus der Fassung geraten.

»Na, dann gehen wir doch mal spazieren in meinem Lieblingsort Breisach am Rhein.«

»Nikki, siehst du die siebzehn Wappen am Rathaus von Breisach? Breisach am Rhein hatte in den letzten zweitausend Jahren siebzehn verschiedene Zugehörigkeiten.

Dieser häufige Herrscherwechsel ist hier mit den Wappen dokumentiert am Rathaus. Du siehst doch an diesem Beispiel ganz klar, dass es nicht viel bedeutet, Teil eines Landes zu sein. Mal waren die Menschen hier Österreicher, mal Schweizer, mal Franzosen, jetzt sind sie Deutsche, und in Zukunft früher oder später Weltbürger! Die Erde ist *ein* Land, und alle Menschen sind ihre Bürger!«

»Ja, das sagen viele, das ist auch die Sichtweise meiner Schwester, meines Schwagers und meiner Nichte Annabelle. Ich bin ganz sprachlos, ich wohne nur hundertfünfzig Kilometer entfernt. Ich habe mir diesen schönen Ort nie intensiv betrachtet und mir keine Gedanken über die Aussagen der Wappen gemacht.«

»Da wird es jetzt aber Zeit. Es ist nie zu spät, aber immer höchste Zeit«, trösteten die beiden ihre Freundin.

Im neuen Zuhause der Thompkins angekommen, legte Nikki die Beine hoch und fragte bei einer Tasse Kaffee: »Carla, hast du dich nicht gewundert, dass ich mit dem Zug gekommen bin und nicht mit dem Auto?«

»Naja, viele Menschen lassen heutzutage das Auto stehen, nehmen den Zug oder das Fahrrad. Wir sind ja hier in der Nähe von Freiburg, und den Einfluss dieser europäischen Umwelthauptstadt auf das Verhalten der Menschen merkt man schon.«

»Das ist wohl so«, meinte Nikki, »aber bei mir kommt noch dazu, dass ich krank bin und das Autofahren mir sehr viel Mühe macht. Die Ärzte sagten mir, dass ich noch etwa ein Jahr zu leben habe. Das hat mich sehr überrascht. All mein Wissen über Medikamente, auch alternative Medikamente, und mein Verlass auf präventive Medizin konnten meine Erkrankung nicht verhindern. Auch mein sportlicher und gesunder Lebensstil nicht. Jetzt geht es eher darum, noch etwas Lebensqualität zu haben und Schmerzen zu lindern.«

Carla legte den Arm um Nikki, sagte erst einmal nichts, holte tief Luft und blickte ihr in die Augen: »Du wirkst sehr gefasst, Nikki.«

»Nun, ich habe schon viel geregelt. Annabelle erbt das Haus in Karlsruhe. Es gefällt ihr dort. Es wird noch sich zeigen, ob sie auch Ballettunterricht geben kann oder ob es beim Englischunterricht bleibt. Vielleicht wird sie auch irgendwann heiraten. Sie hat nicht weit zu den Eltern. Sie plant, ihre Eltern zu sich nach Karlsruhe zu holen. Jedenfalls hat Annabelle jetzt ein warmes Nest und Platz. Bertram könnte seine Rente genießen, Monica kann immer noch etwas schneidern, wenn sie will, und die Duwaliers leben in einem größeren Haus.

Es quälen mich eher jetzt Fragen wie: Was hab ich erreicht in meinem Leben? Medikamente verkauft, Autos getestet, Texte geschrieben, Öffentlichkeitsarbeit gemacht. Ich hätte die Fähigkeit gehabt zu mehr, jetzt ist es zu spät. Ich habe keine Kinder bekommen, keine gute Ehe geführt, beruflich mich zwar engagiert, aber mich auch vor Lebensaufgaben abgeschottet. Jetzt bin ich allein und stehe am Ende meines Lebens. Ich bin früher manchmal gebeten worden, Kondolenzschreiben zu verfassen. Jetzt habe ich Angst, wenn das Sterben auf mich zukommt, dass es doch nicht so ist, wie ich immer geschrieben habe.«

»Nikki, lass uns das gemeinsam angehen. Ich möchte dir einen Vorschlag machen: Ein Arzt hat unser Nachbarhaus als Rückzugsort eingerichtet. Du kannst dort in der Villa ein schönes großes Zimmer beziehen und persönliche Dinge mitnehmen. Du blickst in einen Park mit altem Baumbestand, Springbrunnen und lauschigen Plätzen zum Sitzen unter Bäumen. Ärzte und Pfleger sind rund um die Uhr da für alle notwendigen medizinischen Behandlungen. Es gibt auch Waschungen und Massagen, verbunden mit Musik. Bei der Körperpflege und beim Haarewaschen wird dir geholfen. Du bekommst aus der Hausküche alles frisch zubereitet, was du noch vertragen kannst. An den Wochenenden gibt es regelmäßig Wochenendkonzerte, Buchlesungen, Bilderausstellungen, gemeinsames Singen und Musizieren.

Castadarrow und ich sind auch in der Nähe, gerade eine Minute entfernt von der Villa. Wir werden bei dir sein. Du würdest von deinem Fenster aus direkt zu uns ins Wohn- und Schlafzimmer schauen können, und wir sehen abends, ob Licht bei dir im Zimmer ist. Bertram, Monica und Annabelle können ebenso in der Villa über Nacht bleiben in einem Gästeapartment.«

Nikki nahm ihr Bett mit, den Ausziehsessel, zwei Gemälde, Trainingsanzüge, Schlafanzüge, einen Bademantel, Hausschuhe und ihr Lieblingsparfüm beim ersten Umzug in ihrem Leben von Karlsruhe in die Rückzugsvilla. Nikki war jetzt nie allein. Monica, Bertram, Annabelle, Castadarrow und Carla waren abwechselnd in Nikkis Nähe. Sie saßen meistens auf dem Sofa in Nikkis Zimmer.

Castadarrow und Carla hatten mit Nikki Gespräche in der wärmenden Herbstsonne. Sie schoben Nikki in einem Rollstuhl unter eine Platane im Park. Es war gut, dass Nikki noch klar reden und sich ausdrücken konnte:»Wird es nach dem letzten Atemzug unseres Körpers wirklich ein Weiterleben geben? Und wenn ja: Werden wir uns an unser Leben auf dieser Erde erinnern?«

»Nikki, um das Leben nach dem Tod besser zu verstehen, ist es hilfreich, zunächst die Realität der menschlichen Seele zu betrachten.«

Nikki lächelte:»Mir fällt zum Thema Seele ein, was Pater Jakobus im Kloster gesagt hat:

»Wisse wahrlich, dass die Seele nach ihrer Trennung vom Leibe weiter fortschreitet, bis sie die Gegenwart Gottes erreicht, in einem Zustand und einer Beschaffenheit, die weder der Lauf der Zeiten und Jahrhunderte noch der Wechsel und Wandel dieser Welt ändern können. Sie wird so lange bestehen, wie das Reich Gottes, Seine Allgewalt, Seine Herrschaft und Macht bestehen werden.« [5]

»Ja, Nikki, ein wichtiger Punkt aus diesem Zitat ist die Vorstellung, dass sich die Seele immer weiter in Richtung ihres Schöpfers bewegen wird. Wir können uns dann das Leben als das Besteigen eines Berges vorstellen. Jeder Schritt auf dem Weg hilft uns, unsere Muskeln zu entwickeln und uns gleichzeitig der Spitze einen Schritt näherzubringen. Schon das Bestreben, eine Eigenschaft Gottes auszudrücken, bringt uns Gott näher.«

»Carla und Castadarrow, wenn man bedenkt, dass der Sinn des Lebens darin besteht, Gott näherzukommen – und näherzukommen bedeutet, dass wir uns mehr an göttlichen Attributen orientieren –, dann ist der Himmel derjenige Zustand, in dem ein Mensch seine Vollkommenheit entwickelt hat und deshalb Gott nahe ist.«

»Ja, so ist das zu verstehen. Die Belohnungen der anderen Welt sind Friede, geistige Tugenden, verschiedene geistige Gaben im Reiche Gottes, Erfüllung der Wünsche von Herz und Seele und Begegnung mit Gott in der Welt der Ewigkeit.« [6]

In den darauffolgenden Tagen griff Nikki das Thema wieder auf:»Ich habe über das Weiterleben der Seele in meinen vergangenen Lebenstagen einiges gelesen. Wie schön, dass ich es jetzt mit euch noch einmal lesen und mit euch darüber reden kann.

Eines ist mir noch nicht ganz klar. Jetzt lesen wir zusammen die neuesten religiösen Schriften, und das hilft mir sehr, meinem Lebensende entgegenzusehen. Warum sind die Texte dennoch nicht immer einfach zu verstehen?

Wenn ich früher Pressetexte geschrieben haben, so musste ich immer so schreiben, dass ganz viele Leser meine Texte verstehen konnten. Anderseits sind die heiligen Texte wunderschön, ergreifend und wirklich aus einer anderen Dimension.

Vielleicht ist genau das der Punkt, zu empfinden, dass das aus einer anderen Welt von den Offenbarern uns mitgeteilt wird.«

»Na, Nikki, da hast du deine Frage schon selbst beantwortet. Da Menschen nicht ohne Religion leben, und die Zeiten sich ändern, ist es gerade in der heutigen Zeit wichtig, eine Aktualisierung anzuwenden. Das ist doch genauso wie bei den Autos. Mit dem Auto von Bertha Benz kann keiner mehr fahren. Wichtig ist, dass du das erkannt hast.«

»Ja, das habe ich. Ich habe die Aktualisierung angenommen und zeitgemäße verstehbare Erklärungen bekommen. Carla, lies bitte weiter vor.«

»Bei 'Abdu'l-Bahá lesen wir im Buch ›Beantwortete Fragen‹[7]:

›*Anzunehmen, dass der Geist nach dem Tod des Körpers zugrunde gehe, ist wie die Vorstellung, dass ein Vogel in einem Käfig umkäme, wenn der Käfig zerbrochen wird, obwohl ja der Vogel von der Zerstörung des Käfigs nichts zu fürchten hat. Unser Körper ist dem Käfig und der Geist dem Vogel zu vergleichen. Wir sehen, dass ohne den Käfig dieser Vogel in der Welt des Schlafes fliegt; wenn daher der Käfig zerbricht, wird der Vogel unversehrt weiterleben; seine Empfindungen werden sogar tiefer, seine Wahrnehmungen weiter und sein Glück größer sein.*‹«

»Carla, lass uns doch noch einmal lesen, wie wir uns auf das nächste Leben vorbereiten sollen.«

»*Alle Menschen kommen von Gott, und zu Ihm kehren sie zurück. Demnach muss sich der Mensch in dieser Welt auf die jenseitige vorbereiten. In jener Welt braucht man Geistigkeit, Glauben, Gewissheit, Erkenntnis Gottes, Liebe zu Gott. Das alles muss der Mensch in dieser Welt erlan-*

gen, damit er nach seinem Aufstieg aus dem irdischen in das himmlische Reich alles, was er für jenes ewige Leben benötigt, bereitfindet. Mit welchen Mitteln kann der Mensch all dies erlangen? Wie soll er diese Gnadengaben und Kräfte gewinnen? Erstens durch die Erkenntnis Gottes. Zweitens durch die Liebe zu Gott. Drittens durch Glauben. Viertens durch Werke der Nächstenliebe. Fünftens durch Selbsthingabe, Sechstens durch Loslösung von dieser Welt. Siebtens durch Reinheit und Heiligkeit.« [7]

»Carla, diese Worte hören sich hoffnungsvoll und beruhigend an, ich kann mir das Weiterleben meiner Seele in der nächsten Welt immer noch nicht richtig vorstellen.«

»Nikki, die Menschen können in diesem Leben noch nicht erfassen, wie die nächste Welt sein wird. Wir lernen nur aus den heiligen Schriften, dass das Weiterleben der Seele in einer wunderschönen Welt geschieht.«

»Ich habe verstanden, dass die Menschen sich in diesem Leben auf das nächste vorbereiten sollen. Das soll geschehen durch Geistigkeit, Glauben, Gewissheit, Erkenntnis Gottes, Liebe zu Gott. Die Seele muss diese geistigen Eigenschaften entwickeln. Wenn ich das richtig verstehe, dann sind bei den Menschen mit ›Seele‹ unter anderem auch die guten Charaktereigenschaften gemeint, die dann weiterleben.«

»Ja.«

»Und ich bereite mich vor auf das nächste Leben, wie ein Embryo vorbereitet wird auf das Leben nach der Geburt. Der Embryo entwickelt Augen, Ohren, einen Mund und Organe, die er im Mutterleib noch nicht benutzen kann. Aber in der Welt nach der Geburt braucht der Mensch dann diese Organe, um zu leben.«

»Das verstehe ich auch so.«

»Und ich sehe dem Tod entgegen wie dem Ende einer Reise. Mit Hoffnung und Erwartung. In der nächsten Welt wird der Mensch sich von vielen Unzulänglichkeiten, unter denen er jetzt leidet, befreit fühlen. Wer durch den Tod gegangen ist, lebt in einer eigenen Sphäre. Die Seele hat nun einen neuen Zustand erreicht, wo sie der Fesseln des Begrenzten ledig und aus der Welt des Leidens und Schmerzes entlassen ist. Sie setzt ihre weitere Reise fort.«

»Während wir diese Reise fortsetzen, werden die Erfahrungen und das Leben, das wir in dieser irdischen Ebene haben, nicht vergessen: Seelen erkennen einander wieder. Lass uns weiterlesen.«

»Zur Frage, ob die Seelen einander in der geistigen Welt wiedererkennen: Dies ist gewiss, denn das Gottesreich ist die Welt der Schau, wo alle verborgenen Wirklichkeiten erschlossen werden. Die Geheimnisse, die der Mensch in dieser irdischen Welt nicht beachtet, wird er in der himmlischen Welt entdecken, und dort wird ihm das Geheimnis der Wahrheit kund. Wieviel mehr noch wird er Personen, mit denen er zusammen gewesen ist, wiedererkennen oder entdecken!

Ohne Zweifel werden die heiligen Seelen, die zu reinem Schauen gelangen und mit Einblick begnadet sind, im Königreich des Lichts mit allen Geheimnissen vertraut, und sie werden nach der Gabe trachten, die Wirklichkeit jeder großen Seele zu bezeugen. Ja, sie werden die Schönheit Gottes in jener Welt deutlich schauen. Ebenso werden sie alle Freunde Gottes aus alten und jüngsten Zeiten in der himmlischen Versammlung vorfinden.«

»Der Tod bietet jedem vertrauenden Gläubigen den Kelch dar, der in Wahrheit Leben ist. Er schenkt Freude und ist ein Bote des Frohsinns. Er verleiht die Gabe ewigen Lebens.«

»Den Tod machte Ich dir zum Boten der Freude. Warum bist du traurig? Du bist Mein Licht, und Mein Licht verlöscht nie. Warum fürchtest du dein Verlöschen?« [8)]

»Wollen wir uns zum Abschluss des Tages noch weiter zusammen lesen?«

»Ja, gerne.«

»Wenn ihr ein Spiegelglas zerbrecht, auf das die Sonne schien, so ist das Glas zerbrochen, die Sonne aber scheint noch immer. Wenn ein Käfig, in dem ein Vogel ist, zerstört wird, bleibt der Vogel unverletzt. Das Gleiche gilt für die Seele des Menschen. Wenn auch der Tod seinen Körper zerstört, so hat er doch keine Macht über seine Seele, die ewig, dauernd und frei von Geburt und Tod ist.« [9)]

»Bertram, singst du bitte ein Gebet auf Französisch?«

»Permets, ô mon Seigneur, à tous ceux qui sont montés vers Toi, de trouver refuge en Toi qui est le Compagnon suprême. Accorde-leur de séjourner à l'ombre du tabernacle de la majesté et dans le sanctuaire de ta gloire. Que l'océan de ta clémence rejaillisse sur eux, ô Seigneur, et les rende dignes

de résider éternellement dans ton royaume céleste et sous ta domination suprême.

Tu as le pouvoir d'agir selon ton désir.«[10)]

Nikkis Körper hatte nun diese sterbliche Welt verlassen.

Todesanzeige

Meine Seele hat ihre Reise angetreten
in die unendlichen Reiche unseres Schöpfers.

Seid nicht traurig,
denn der Tod ist ein Bote der Freude.

Nikola Fisler
1951 – 2016

Nachwort

Beim Schreiben dieses Buches wurde Nikki ein Teil meines eigenen Lebens. Nikki war, wie die meisten von uns, in Zeiten von politischem Frieden und wachsendem Wohlstand in Deutschland aufgewachsen. Ihre behütete Kindheit in materieller Sicherheit und in gut bürgerlichen Kreisen, ein anspruchsvolles Studium, ein höchst ungewöhnlicher Einstieg in die Welt des Motorjournalismus, das alles machte sie zu einer interessanten Frau ihrer Zeit.

Nikki beschäftigte sich als Journalistin in jungen Jahren mit »des Deutschen liebstes Kind«, dem Auto. Dies ist verständlich, da wir alle in einer Welt leben, die von materiellen Werten geprägt ist.

Nikki erkannte, dass die Printmedien ein Spiegel der Welt sind, welche die Bestrebungen von verschiedenen Interessengruppen reflektieren. Daraus resultierte für Nikki die moralische Verpflichtung, »sowohl Gerechtigkeit als auch Unparteilichkeit zu zeigen, weil Journalisten Umstände möglichst gründlich untersuchen sollten, dann Tatsachen feststellen und sie schriftlich niederlegen«. [11]

Da ihr der Einfluss von Interessengruppen zu komplex und zu problematisch war, distanzierte sie sich vom Interessenjournalismus. Ich beobachtete Nikkis Anliegen, ihre Feststellungen wahrheitsgemäß und gut recherchiert an die

Öffentlichkeit zu bringen, besonders ihre Recherchen über Rassismus sind ein Beleg dafür.

Das Leben von Nikki war auch geprägt von den Kriegstraumata ihrer Eltern. Immer wieder entstanden Ängste vor einem erneuten Kriegsausbruch in der Kuba-Krise, dann dem Einmarsch der Truppen von fünf Warschauer-Pakt-Staaten in Prag. Letzten Endes litt Nikki auch sehr durch den Kleinkrieg in ihrer Ehe. Sie blieb zwar körperlich unversehrt, aber ihre Seele nahm Schaden durch die Demütigungen.

So stellte sie fest, was Krieg und aggressive Kampfhandlungen anrichten, nicht nur unmittelbar in ihrem eigenen Leben, sondern auch als Auswirkung auf die nächsten Generationen. Sie wusste, dass andauernde Konflikte in der Welt ganze Bevölkerungen mit Gräueln heimgesucht hatten.

Ihr wurde bewusst, welche Chancen zur rechtzeitigen Errichtung des Weltfriedens die Menschheit bereits verpasst hatte, und sie verstand allmählich das Bild vom neuen Menschen. Sie leistete ihren Beitrag, den sie in der Lage war zu erbringen. Sie recherchierte ausführlich zum Thema »Rassismus«, um durch ihre Publikation möglichst viele Menschen zu erreichen.

Auch wenn sie in ihrem Leben Entscheidungen aufgeschoben hat, so hat sie letzten Endes in ihrem Leben Essenzielles umgesetzt.

Ich wünsche mir, dass es noch viele Nikkis geben wird.

Danke an alle Mitwirkenden

Liebe Leser,

Sie haben jetzt dieses Buch bis zu Ende gelesen, haben mitgelitten, sich amüsiert und sich Ihre eigenen Gedanken gemacht. Ich möchte Ihnen aber unbedingt noch mitteilen, dass am Zustandekommen dieses Buches außer mir noch andere Menschen beteiligt waren:

Der Verleger Peter Amsler ermutigte mich, über das Leben von Nikki Fisler zu schreiben. Peter verfolgte mit großem Engagement das Entstehen des Buches.

Meine Schulfreundin Ute las dann das Manuskript als erste durch und brachte durch ihre Denkanstöße die Beschreibung des Lebensgefühls in der Nachkriegszeit auf den Punkt.

Wohlwollend begleitete Jürgen, ein ehemaliger Pressesprecher, das Geschriebene und half beim Verbessern der »gelben badischen« Fotos.

Mein sprachbegabter Bruder Siggi unterstützte mich darin, das Verhalten der Menschen im Krieg und den Unsinn des Rassenbegriffs ausdrucksstark zu beschreiben.

Mpoi, die Ehefrau meines Cousins Ralf, vervollständigte die Recherchen über Rassismus durch ihren ausführlichen Beitrag.

Auch die Korrespondenz mit dem Abt vom Stift Lilienfeld half mir, Details richtig wiederzugeben.

Ich hätte wahrscheinlich nicht so intensiv auf die richtige Wiedergabe von Details geachtet, wenn die Autorin Susan Vreeland aus San Diego mir in der Vergangenheit nicht immer wieder gesagt hätte: »Recherchiere, Carla, das Wichtigste ist recherchieren.«

Und wer verpasst dem Buch und allen Seiten dann das angenehme Aussehen und den passenden Schriftsatz? Der Buchsetzer! Wenn Ralf Wolf sich nicht so viel Mühe gemacht hätte, dann würde das Leseerlebnis längst nicht so angenehm sein.

Und zu guter Letzt brachte mein Ehemann Castadarrow viel Geduld und Zeit auf, das Entstehen des Buches neun Monate lang zu begleiten. Man könnte auch sagen, dieses Buch ist unser Baby.

All diesen lieben Menschen möchte ich noch einmal meinen Dank ausdrücken.

Carla Thompkins

Zeittafel

1915 Geburt Wilhelm Fisler in Brünn (Brno), Tschechien

1930 Geburt Luise Gebhard in Karlsruhe

1944 Wilhelm und seine Familie fliehen zu Fuß aus ihrer Heimatstadt Brünn aus Angst vor den Bombenangriffen der sowjetischen Luftwaffe.

1947 Wilhelm Fisler wird Witwer mit 32 Jahren auf der Flucht in den Westen.

1947 Luise fährt als Siebzehnjährige über den Rhein auf die französische Rheinseite.

1949 Wiederheirat von Wilhelm Fisler mit Luise Gebhard (Kinder: Paul 2 Jahre, Gitti 4 Jahre, Hanni 5 Jahre, Monica 7 Jahre und Edeltraud 9 Jahre alt)

1951 Geburt Nikki Fisler

1957 Weihnachtsfeier in der Landeszentralbank Karlsruhe

1960 Familie Fisler und Carlas Großeltern sind Gäste bei einer Hochzeit in Karlsruhe.

1961 Nikki geht auf ein Gymnasium.

1962 Kubakrise im Oktober

1963 Besuche von Carla in Karlsruhe bei Familie Fisler

1968 Nikki in der Oberstufe

1968 Truppen der Warschauer-Pakt-Staaten marschieren in die damalige Tschechoslowakei ein.

1969 Annabelle, die Tochter von Monica und Bertram, wird geboren.

1970 Abitur von Nikki

1972 Nikki ist mit 21 Jahren volljährig und bekommt einen gelben Sportwagen geschenkt.

1972 Nikki beginnt ihr Studium der Pharmazie in Freiburg.

1978 Arbeitsbeginn von Nikki in eigener Apotheke

1979 Carla besucht Nikki in Karlsruhe, Nikki erzählt von Baden-Baden.

1981 Nikkis Heirat mit Uli Laut

1984 Begegnung mit Walter Röhrl, beinahe Unfall auf dem Hockenheimring

1985 Wilhelm stirbt mit 70 Jahren.

1990 Zweiter Golfkrieg, 2. August 1990 bis 28. Februar 1991

1991 Nikkis Ehescheidung von Ulrich Laut

1991 Carla und Nikki verbringen ein Wochenende im Schwarzwald.

1991 amerikanische Soldaten verlassen die Kaserne in Wertheim.

1991 Nikkis erste Festanstellung in einem Karlsruher Unternehmen

1998 Schwerpunkt von Nikkis Apotheke: Traditionelle Chinesische Medizin

2000 330.000 DM Schulden abgebaut

2005 Nikkis Mutter stirbt mit 75 Jahren bei einem Autounfall (Frontalzusammenstoß).

2009 Nikkis Dienstreise in die USA und Interview mit Castadarrow Thompkins

2010 Veröffentlichung von Nikkis Artikel über Rassismus

2011 Nikki zieht sich in ein Kloster zurück und studiert heilige Texte.

2011 Rente und Verkauf der Apotheke

2016 Erneute Begegnung mit Carla und Castadarrow in Breisach am Rhein

2016 Nikki ist schwer erkrankt, sie zieht um nach Badenweiler in ein Hospiz.

2016 Nikki stirbt mit 65 Jahren – Monica, Bertram, Annabelle, Carla und Castadarrow begleiten sie.

Literatur

1) John F. Kennedy: Rede am 26. Juni 1963 vor dem Rathaus Schöneberg

2) Pharmazeutische Zeitung, Ausgabe 11/2002: »Karlsruhe – Pharmazie in der Fächerstadt« von Michael Mönnich, Karlsruhe, und Axel Helmstädter, Dreieich

3) Mehr darüber in: Fuss, Margot, »Baden-Baden, Kaiser und Könige«, Baden-Baden, November 1994

4) Bahá'u'lláh: Anspruch und Verkündigung, Bahá'í Verlag GmbH, Hofheim-Langenhain 2007:

Kapitel 137 »Es schickt sich nicht, dass du deine Amtsgeschäfte führst, wie es dir deine Leidenschaften befehlen.«

Kapitel 168 »Glaubt ihr, euer Besitz sei euch von Nutzen? Bald wird er anderen gehören, und ihr werdet zu Staub, ohne dass euch jemand zu Hilfe käme.«

Kapitel 176 »Die wirksamste Arznei, das mächtigste Mittel, das der Herr für die Heilung der Welt verfügt hat, ist die Vereinigung aller Völker in einer allumfassenden Sache, in einem gemeinsamen Glauben. Nur ein allmächtiger, erleuchteter Arzt hat die Fähigkeit, diese Einheit zu stiften.«

Kapitel 180 »Nun, da ihr den Größten Frieden zurück-
gewiesen habt, haltet euch fest an den Geringeren Frieden.«

Kapitel 181 »Ihr Herrscher auf Erden! Versöhnt euch
miteinander, so dass ihr nicht mehr an Rüstung benötigt, als der Schutz eurer Herrschaftsgebiete erfordert.
Hütet euch, den Rat des Allwissenden, des Getreuen,
zu missachten!«

Kapitel 182 »Seid einig, o Könige auf Erden, denn nur
so wird der Sturm der Zwietracht gestillt, und nur so
werden eure Völker Ruhe finden.«

5) Bahá'u'lláh: Ährenlese 81:1

6) Abdu'l-Bahá: Beantwortete Fragen

7) Abdu'l-Bahá: Beantwortete Fragen

8) Der Báb: Eine Auswahl aus Seinen Schriften

9) Bahá'u'lláh, Báb, Abdu'l-Bahá: Und zu Ihm kehren wir
zurück

10) Bahá'u'lláh, Báb, Abdu'l-Bahá, Prières Bahá'íes, Paris
2010

11) Abdu'l-Bahá: Ansprachen in Paris